# Dernière Poésie

## Paul Bourget

Copyright pour le texte et la couverture © 2023 Culturea
Edition : Culturea (culurea.fr), 34 Hérault
Contact : infos@culturea.fr
Impression : BOD, Norderstedt (Allemagne)
ISBN :9791041831258
Date de publication : juillet 2023
Mise en page et maquettage : https://reedsy.com/
Cet ouvrage a été composé avec la police Bauer Bodoni
Tous droits réservés pour tous pays.

# Dernière Poésie

## I

Quel encyclopédiste disait donc méchamment de Voltaire, alors au faîte de la renommée: «Il y a pour deux cent mille livres de gloire, mais il en voudrait bien encore pour deux sous?» Cette épigramme devrait consoler, une fois pour toutes, le peuple d'envieux qui pullule autour des artistes célèbres, de ceux que le grandiloquent Balzac dénommait impérialement les «maréchaux de la littérature», et que notre âge de chemins de fer et de tramways appelle démocratiquement les «arrivés». Si aucun d'eux n'a de nos jours le génie de Voltaire ni son prestige, ils ont tous ceci de commun avec l'homme aux deux cent mille livres de gloire qu'ils «en voudraient bien encore pour deux sous». Ces deux sous de gloire, c'est la lettre, si banale soitelle, du quémandeur d'autographes,c'est la missive, abondante en fautes de français, de l'inconnue qui implore un conseil sur l'état de son âme,c'est l'éloge d'une feuille du Quartier Latin ou de Montmartre, tirée à vingt exemplaires.Moins que cela, c'est la mention du nom dans un article quelconque d'un journal quelconque. Un de ces signes de popularité vientil à lui manquer, le pauvre «maréchal de la littérature» commence à douter de son bâton. L'«arrivé» se dit que cette flatteuse épithète pourrait bien signifier qu'il n'est plus «dans le train». C'est le moment que les Apaches narquois de la petite critique choisissent volontiers, pour lui décocher un autre mot, le plus cruel du dictionnaire à ces sensibilités fémininement vaniteuses: «démodé». S'il était sage, l'écrivain saurait que les Apaches ne sont pas seulement narquois. Ils sont aussi perspicaces, et ils ne perdent pas leur encre à tourmenter des réputations mortes et des œuvres finies. C'est leur silence, ou leur éloge, qu'il faut craindre comme un brevet de la décadence définitive qui n'excite plus ni l'envie, ni même la mauvaise humeur. Mais l'écrivain n'est pas sage et il tend la sébile «aux deux sous de gloire». Alors s'inaugure la période des longues épîtres élogieuses à des débutants qui font, comme ricanait l'autre, «rimer spectacle et détestable»,celle des complaisantes réponses aux enquêtes saugrenues que vous connaissez,celle des présidences de distributions de prix ou de sociétés de secours mutuels. C'est le moment où l'homme de lettres si prudent, si ménager de sa fortune et qui a tour à tour convoité et obtenu tous les honneurs sociaux, fait une volteface subite. Il va où foisonnent les éléments de popularité grossière mais bruyante, à gauche, encore plus à gauche, et il apporte l'appui du nom le plus officiel aux manifestations des pires utopies révolutionnaires, en échange d'une claque retentissante. Il devient l'homme des «idées généreuses», comme jadis Hugo et Michelet, qui connurent et cette terreur de perdre le vogue et la honte de cette popularité mendiée, par quel moyen! La sébile est alors si bien déguisée que le mendiant des deux sous de gloire, en la tendant, esquisse un geste d'apôtre ou de martyr. Du moins l'auteur des Misérables et celui de l'Oiseau continuaientils de produire, et des œuvres de génie. Mais il arrive que réellement l'auteur vieilli se trouve frappé de sénilité. Il ne peut plus écrire et il veut à tout prix rester actuel. Il procède alors à la visite minutieuse de ses tiroirs. L'expressif argot du journalisme dit qu'il les râcle. Il exhume de leurs profondeurs les «souvenirs», où figurent les personnages les plus insipides de sa propre famille, où sont imprimés les plus insignifiants billets des camarades de sa jeunesse. Il recueille les articles de la vingtième année, réimprimés avec commentaires, s'il est un critique, et, s'il est un poète, les vers ébauchés sur les bancs du collège. Une promenade devant quelques étalages où il voit, sur un volume ainsi composé, flamboyer le traditionnel «Vient de paraître», tel est le bilan de ce suprême effort. Il ne s'agit même plus de deux sous de gloire, mais d'un centime. Nos gens le savent, et préfèrent ce centime de réclame à l'oubli.

Quoique cette véritable maladie morale, avec ses phases tantôt comiques et tantôt tragiques, n'éclate guère dans son intensité que sur le tard de la vie, les premiers symptômes apparaissent parfois au lendemain de la quarantaine, à cet âge où nos énergies vitales commencent de subir cette légère atteinte qui demain sera la déchéance. Ce fut le cas, l'hiver dernier, pour l'un de ceux qui peuvent vraiment se dire les enfants gâtés de Paris, pour cet heureux René Vincy que nous avons tous connu, nous, ses contemporains, portant timidement à la ComédieFrançaise, en ,il avait vingtcinq ans, c'était hier!sa petite comédie en un acte et en vers, comme tous les camarades: le Sigisbée, sous le patronage de feu Claude Larcher. Et aujourd'hui, il a fait représenter plus de dix pièces avec un tintamarre de toutes les trompettes autour de chacune. Il vivait chétivement chez une sœur mariée à un pauvre diable de professeur libre, et il a, du chef de son répertoire et par la fortune de sa femme, cent mille francs, non seulement de gloire, mais, ce qui est plus confortable, de rentes. Le premier fauteuil vacant à l'Académie Française est pour lui, s'il consent à se présenter. Il a eu, jusqu'ici, la coquetterie de s'abstenir. Il est officier de la Légion d'honneur et, avant le plus jeune et plus heureux auteur de Cyrano, aucun faiseur de pièces en vers n'avait connu, sur les brochures de ses comédies et de ses drames, un chiffre de «mille» aussi élevé. Mais l'auteur de Cyrano est venu, et il s'est trouvé qu'en  le Savonarole de Vincy, donné à l'Odéon, n'a pas fait recette,qu'en , son recueil de vers, les Vents du large, a été durement critiqué dans les jeunes revues,qu'en , son Hannibal a failli tomber aux Français,et en , son drame fantaisiste, Couleur du temps, n'a été reçu qu'à corrections, à la même Comédie! En fautil plus pour expliquer comment vingt années d'un succès férocement jalousé dans toutes les brasseries littéraires se sont trouvées abolies du coup au regard du «jeune et illustre maître», comme les gazettes continuent à l'appeler,malgré que ses cheveux blonds d'autrefois soient rayés de fils d'argent et qu'un embonpoint de prébendier ait remplacé chez le quadragénaire la svelte cambrure de l'auteur du Sigisbée.

«Que veuxtu?» lui avait dit avec la plus fausse bonhomie son rival en arrivisme, le romancierdramaturge Jacques Molan, qui l'avait rencontré le lendemain de la décision du comité. «On n'est plus heureux à nos âges. C'est le mot d'un plus grand que nous.»

Et cet «à nos âges» encore, avait piqué le poète à un endroit bien sensible. Il avait haussé les épaules avec une bonhomie aussi fausse que celle de Molan luimême. Puis, à sentir peser sur lui le regard scrutateur de celuici,un regard d'Anglais suivant le dompteur pour le voir dévorer par ses lions,tout son orgueil s'était tendu.

«Je n'y pense déjà plus,» avaitil répliqué, «je suis tout entier à mon prochain livre.»

«Tu fais un nouveau volume?» avait demandé Jacques. «Bravo!» Et toujours sur son ton d'ironie cordiale: «Astu seulement ton titre?...»

«Pas encore,» avait répondu René. «Mais j'ai mieux que cela. Le livre est fini.»

L'autre l'avait de nouveau regardé, avec une goguenardise et une curiosité dans ses prunelles de mauvais confrère, où se lisait distinctement cette question: «Ah ça! Ne seraitil pas vidé?...» Puis il s'était tu, après un «Ah!» sans commentaires. L'indifférence est encore la variété de rosserie la plus mortifiante. Ce silence avait achevé de préciser, chez l'auteur déçu de Couleur du temps, une résolution, ébauchée dans son esprit depuis quelque temps déjà et devant laquelle il reculait; mais, comme il arrive, la parole, en devançant presque sa pensée, l'avait du coup rapproché de l'action. Ce projet de volume, annoncé à Molan comme définitif, avait été d'abord la plus vague, la plus lointaine rêverie. Voulezvous que nous en suivions rétrospectivement les phases? Elles rendront plus pathétique peutêtre le petit drame de conscience auquel ces réflexions servent de préface. Dans la semaine qui avait suivi la première représentation de l'Hannibal, Vincy, irrité des critiques dirigées contre l'appareil trop érudit de ses vers, s'était dit: «Trop érudit! Hé bien! Je vais leur donner un recueil de poésies intimes!...» Et la recherche à travers les tiroirs avait commencé. Il avait retrouvé ainsi une trentaine de morceaux, débris d'œuvres abandonnées aussitôt que conçues, sous cette pression du travail commandé, des diverses rançons de succès la plus dangereuse peutêtre. On ne participe pas impunément aux bénéfices de ces vastes maisons de commerce: un grand théâtre, une grande revue, un grand journal. Des gains d'industriel imposent des vertus d'industriel. Le respect de l'échéance est la première. Elle n'est pas toujours favorable à l'inspiration. Éclairé par ce désir passionné du succès, qui acquiert parfois, dans la nature littéraire, une infaillibilité d'instinct, René avait, après cette visite dans ses tiroirs, refermé sous clef ces papiers où il pouvait lire l'histoire de son caractère, presque de son talent, à la qualité de l'écriture, si impulsive, si hardie dans la jeunesse; si froidement régulière, presque bureaucratique dans l'âge mûr. Il avait eu le courage de conclure: «Non. Je ne publierai pas cela...» Il n'avait gardé qu'une des feuilles, l'une des plus vieilles, à en jurer par la couleur de l'encre décolorée sur le papier jauni. En haut étaient tracés ces trois mots énigmatiques: Pour la fleur, suivis de quelques vers jetés, sans rature:

La rose pâle de sourire

De l'enfant que j'aime en secret,

A charmé mon cœur, qui souffrait,

D'un parfum doux comme la myrrhe.

De la musique de sa voix

Ma tête énamourée est pleine,

Et je sens passer son haleine

Dans les fraîches senteurs des bois.

Vincy l'avait lu et relu, ce début d'une élégie inachevée, et le plus lointain roman de sa vie sentimentale s'était évoqué soudain devant sa pensée. Il s'était revu à vingtquatre ans, inconnu, et se laissant prendre au charme d'une toute jeune enfant qui s'appelait Rosalie Offarel. Elle était la fille de bien humbles bourgeois, amis de Mme Fresneau, la sœur de René. Mais qu'étaitil luimême alors, qu'un humble bourgeois, et dont les ambitions indéterminées ne pressentaient pas son opulence comblée d'aujourd'hui? Rosalie avait de beaux yeux noirs, un sourire frémissant, une fraîcheur digne de son nom, celle d'une rose. Elle lui était apparue, à cette époque d'élans confus vers la gloire et l'amour, comme la Béatrice que les plus glacés et les plus utilitaires des poètes s'en vont cherchant, à leurs débuts, pour avoir un prétexte à s'exalter la plume à la main. Quelques phrases trop tendres, chuchotées à deux pas des parents; des regards, des serrements de main, de furtifs et innocents baisers sur une joue rougissante,tels avaient été les grands épisodes de cette idylle, brisée, dès le premier succès de l'écrivain, par sa rencontre avec la perverse et jolie Mme Moraines. C'était une de ces curieuses de la haute société qui correspondent trop bien aux portions sensuelles et vaniteuses du cœur de l'artiste pour que la grâce modeste d'une pauvre petite Offarel puisse tenir là contre. René Vincy avait aussitôt rompu ses secrètes fiançailles pour s'engager dans cette aventure à la suite de laquelle (les lecteurs des Mensonges s'en souviennent) il avait essayé de se tuer. Il en avait réchappé, pour continuer, à travers les hasards de la vie d'auteur célèbre, une série d'expériences amoureuses où l'image de Rosalie avait tenu d'autant moins de place qu'il ne l'avait plus jamais rencontrée. A peine s'il en avait entendu parler: sa sœur, Mme Fresneau, était morte, et toutes ses relations avec ce milieu de sa première jeunesse s'étaient peu à peu dénouées tout naturellement. Il savait cependant que «la Fleur»,comme il l'appelait en tête de ces strophes composées jadis à son intention,avait de son côté obéi à la loi inévitable du changement. Rosalie s'était mariée avec un professeur de dessin du nom de Passart, qui fréquentait, lui aussi, chez les Fresneau... Et c'était tout. Quelle mélancolie dans cette poussée irrésistible de la vie, qui nous porte loin les uns des autres, jusqu'à faire de nous des étrangers pour les amis et les amies qui nous tinrent un instant de si près au cœur! Il y a pourtant une mélancolie pire, c'est que la confrontation avec le passé nous trouve aussi insensibles que s'il ne s'agissait ni de notre jeunesse, ni de notre premier éveil d'amitié ou d'amour. Devant cette feuille de papier, où il avait jadis griffonné ces stances incomplètes, René s'était ressouvenu d'avoir, pendant des semaines, composé tous les jours, ainsi, quelques vers pour sa fiancée. Il les roulait dans sa pensée, en se promenant sous les arbres du jardin du Luxembourg. C'était tantôt une chanson, tantôt des tiercesrimes, d'autres fois un sonnet, qu'il transcrivait ensuite, comme il avait fait ces deux quatrains, avec cette même dédicace, ce «Pour la fleur», mignarde et caressante allusion au prénom de Rosalie. Le soir, aux réunions de famille, ou bien au cours d'une visite durant la journée, il glissait ces vers dans la main tremblante de la jeune fille, qui prenait ces furtifs billets avec un sursaut de tout son cœur. Comment n'auraitelle pas cru à la profondeur d'un sentiment traduit de la sorte? De plus expérimentés qu'elle, s'ils en avaient reçu la confidence, y auraient cru aussi, à un trait bien significatif: Vincy ne gardait pas copie de ces poèmes! S'il se trouvait avoir conservé en sa possession cette romance: la Rose pâle du sourire... c'est qu'elle n'avait jamais été remise à Rosalie Offarel. Il l'avait commencée, à la veille de la rupture, quand il commençait de s'éprendre déjà de la demigrande dame qui devait, en l'initiant aux délicatesses de la volupté dans le luxe, tarir pour toujours en lui la source du vrai sentiment. Le maniérisme de ces deux strophes prouvait trop que cette source était déjà bien épuisée à cette date. Pas tout à fait cependant, puisque dans cette rupture avec sa modeste fiancée René n'avait pas eu le courage de redemander à l'abandonnée tous ces vers écrits pour elle. Leur intimité d'âme avait duré un peu plus d'une demiannée. Ces vers étaient au nombre de quinze cents peutêtre, et il les avait sacrifiés! Oui, sacrifiés... Les laisser en effet entre les mains de Rosalie, sans en avoir seulement un double, n'étaitce pas renoncer à les publier? Mais quoi? Vincy était jeune. Il avait l'illimité de ses œuvres à venir devant lui. Ses torts envers cette enfant étaient bien grands. Il avait trouvé, dans ce renoncement à une satisfaction possible d'amourpropre littéraire, une espèce de réhabilitation. Cette générosité d'artiste l'avait absous, à ses propres yeux, de son égoïsme d'homme. Disons tout. Cette immolation avait comporté des heures de regrets. A maintes reprises, depuis ces vingt ans, la tentation s'était élevée chez le poète de les ravoir, de les relire du moins, ces anciens vers. Il l'avait toujours repoussée, par scrupule sentimental, par un de ces mélanges d'orgueil et de timidité habituels à ces comédiens et aussi sincères que sont si souvent les poètes. Pour avoir ces vers, il fallait faire auprès de Rosalie Offarel, devenue Mme Passart, une démarche par trop humiliante. D'ailleurs, le vent du succès enflait les voiles de René. Ses drames et ses comédies avaient des «centièmes» triomphantes. Et quand il pensait à ces vers de jeunesse, il se disait:

«Ils ne sont pas perdus, j'en suis sûr... Une femme ne brûle jamais des choses si flatteuses pour sa vanité... Après ma mort, on les retrouvera. Ce sera mon livre posthume, un bien joli livre. Ça ne s'imite pas, l'accent de la jeunesse et de l'amour!... Et l'étaisje, jeune! L'étaisje, amoureux!...»

Et la tentation s'en était allée avec ces propos, une fois, deux fois, vingt fois, jusqu'à la première représentation de cet Hannibal si violemment contesté. Car, au lendemain de cette demichute, et devant la romance retrouvée dans l'amas de ses vieux papiers, la réponse de la voix intérieure n'avait plus été tout à fait la même:

«Je voudrais bien pourtant les avoir recopiés autrefois, ces poèmes à Rosalie Offarel... Oui, un volume de ce tonlà, en ce moment, voilà qui riverait leur clou aux bons petits camarades... Ils sont à moi, après tout!... Il y a si longtemps de cette histoire... Mais c'est elle qui me demanderait de les publier, si elle osait... Elle doit croire que je ne le fais pas, à cause de ma femme, et que celleci serait jalouse d'elle? Pauvre Rosalie!...» L'image de la fine Parisienne de race qu'était Mme Vincy venait de surgir devant le regard intérieur du poète élégant, et, par contraste, une autre image, celle de la jeune fille de , toute gauche, toute étriquée dans ses robes taillées à la maison... «Mais où vitelle maintenant?...»

Il faut croire que la démarche auprès de la «pauvre Rosalie» n'apparaissait déjà plus, dès ce momentlà, comme impossible à l'auteur célèbre, car en se rendant au ThéâtreFrançais où il allait consulter la feuille de location, il s'était arrêté dans un café pour demander le Bottin. Il y avait trouvé, parmi les divers Passart qui figuraient dans ce répertoire, un Jacques Passart, professeur de dessin, domicilié rue DuguayTrouin. C'était le prénom, c'était la profession du mari de Rosalie. Le choix du logis achevait de changer la probabilité en certitude. René avait promené, trop d'années durant, ses flâneries, d'adolescent, puis de jeune homme, autour du Luxembourg, pour ne pas connaître cette ruelle qui compte quelques maisons à peine, entourées de jardins. Elle fait coude entre la rue d'Assas et la rue de Fleurus. Ce coin paisible s'était peint devant son esprit, et, avec lui, tout ce quartier peuplé pour son souvenir de tant de fantômes. Soyons juste avec un artiste, diminué et desséché par la vie, mais dont la première nature avait été vraiment haute; ce rappel lui avait rendu de nouveau insupportable l'exploitation, lucrative et brillante, des plus pures émotions de ce passé. Mais après l'aventure de l'Hannibal était survenue celle de Couleur du temps, et le projet du recueil intime capable de lui redonner un regain de succès avait recommencé d'obséder le poète irrité. Comprenezvous maintenant à quel travail antérieur avait correspondu la réplique à Jacques Molan? Ce désir de river son clou à ce rival avéré avait transformé du coup un projet indéterminé en une volonté très nette, pour une de ces décisions subites, qui révèlent un long travail de ce que les philosophes appellent barbarement l'inconscient, le subconscient, le subliminal. Le pédantisme de ces formules n'empêche pas qu'elles étiquettent le plus exact des faits. Avant de causer avec Molan, Vincy aurait juré qu'il ne chercherait jamais à ravoir ses vers à Rosalie. Quand il quitta l'autre, ses secrets désirs de tant de jours s'étaient comme concrétés et cristallisés. C'était comme si l'annonce du volume tout prêt qu'il avait faite presque sans y réfléchir l'avait soudain suggestionné luimême. Aucune puissance au monde ne l'eût empêché d'aller ramasser les «deux sous de gloire» là où il savait qu'ils étaient.

Y étaientils? Pour la vanité du poète, on l'a vu, la réponse n'avait jusqu'ici jamais fait doute. Et cependant, lorsque vingtquatre heures après la rencontre avec Molan, il s'achemina vers la rue DuguayTrouin, son orgueilleuse assurance avait fait place à une crainte, non pas sur la valeur de ses vers, mais sur l'existence même de cet unique manuscrit. Mme Passart avaitelle conservé ces feuilles volantes? Après s'être affirmé qu'une femme ne détruit pas de pareils témoignages d'un sentiment inspiré par elle, Vincy se disait que la mère autrefois pouvait avoir découvert le secret de sa fille et brûlé ces papiers. Le mari, ce Jacques Passart, qui l'avait connu, lui, René, pouvait avoir soupçonné le passé de sa femme, et, pour s'en prouver l'innocence, cherché, puis détruit, ces mêmes papiers... Et si Rosalie les avait gardés, voudraitelle les rendre? Ne se vengeraitelle pas de l'ancien outrage en prétendant ne les avoir plus, ou bien en les refusant tout net?... Voudraitelle seulement recevoir son amoureux d'antan?... Celuici avait bien pensé à lui demander par lettre un rendezvous. Il avait appréhendé un silence contre lequel il n'aurait eu aucune arme. Il escomptait, au contraire, le déconcertement produit par sa présence, si Mme Passart était à la maison. Ces points d'interrogation divers se posaient devant la pensée du poète, dans ce voyage à travers Paris, de l'avenue HenriMartin, où il habitait, jusqu'au Luxembourg. Il avait voulu franchir cette distance, à pied, pour lutter contre l'énervement par lequel il se sentait gagné, sans en convenir visàvis de luimême. Il voulait aussi bien arrêter à l'avance la ligne qu'il donnerait à ce délicat entretien. Il n'atteignit ni l'un ni l'autre de ces deux résultats, car à l'instant où il entra dans la maison de la rue DuguayTrouin, pour demander au concierge si Mme Passart était chez elle, son cœur avait ce battement des soirs de première, que connaissent tous ceux qu'a séduits, pour leurs péchés, le démon du théâtre. Quand cet homme lui eut répondu, en lui montrant un pavillon dans l'angle au fond d'une cour:«Oui monsieur, elle est là. Sonnez à la porte, mais fort. La bonne est un peu dure d'oreille...» tous ses plans de diplomatie s'étaient effacés. Ce battement de cœur n'avait plus pour seule cause l'anxiété sur la réussite de sa démarche, ni même la petite honte de la hasarder. A suivre ainsi le trottoir de ces rues, si peu changées depuis sa jeunesse; à subir l'assaut presque inconscient des idées que tant d'aspects jadis familiers suscitaient dans les profondeurs de sa mémoire, un trouble singulier l'avait envahi. Une personne endormie en lui depuis des années commençait de se réveiller... On était en octobre. Le silence provincial de la cour solitaire où des feuilles jaunies tachaient par endroits le pavé clair,la vétusté de ce pavé inégal dont les pierres s'encadraient de brins d'herbe,la transparence voilée du ciel de cet aprèsmidi, où s'adoucissaient, où se fondaient les couleurs des choses,l'air de médiocrité, mais aussi de repos, de simplicité familiale, de monotonie heureuse, comme répandu sur la petite maison, avec les ardoises de son toit, les teintes neutres de sa façade, la blancheur de ses modestes rideaux derrière les fenêtres,le terme même employé par le concierge pour désigner la servante des Passart et qui dénonçait l'étroitesse du ménage dans les limites d'un très petit budget,pas un de ces détails qui ne reportât soudain, avec une force irrésistible, l'écrivain célèbre et riche à tant d'années en arrière!Il tira sur la poignée de métal pendue au bout d'une chaîne de fer, à l'ancienne mode. Une cloche retentit, au lieu d'un timbre. Il crut reconnaître le son, tant il était semblable à celui qui annonçait autrefois les visiteurs dans l'appartement de sa sœur...

Ce ne fut pas la «bonne» qui vint lui ouvrir. Elle était sans doute absorbée par quelque urgente besogne, de nettoyage ou de savonnage, qui ne la rendait pas présentable. Le battant unique, en se repliant, découvrit la silhouette et le visage d'une enfant, de quatorze ans peutêtre, vêtue d'une robe courte. Un tablier de coutil bleu à épaulettes lui donnait une physionomie de pensionnaire sage. Quoique cette jolie créature eût encore, dans sa taille trop carrée et dans ses épaules maigriotes, la gracilité d'une fillette, sa tête, que couronnait la masse de ses cheveux châtains noués en un épais chignon, était déjà celle d'une jeune fille. Sa ressemblance avec sa mère était si frappante qu'en toutes circonstances René en avait été remué. De la Rosalie, qu'il avait aimée et trahie, la petite avait les tendres yeux bruns, les lèvres fines, le front intelligent et pur, et, dans le dessin du nez, dans l'attache du cou, dans la ligne de la joue, vingt traits qui rappelaient l'autre. Pourtant ce n'était pas elle. D'abord celleci était plus jeune, plus frêle aussi, plus menue, et elle tenait de son père quelques détails qui empêchaient l'identité d'être absolue entre l'image que gardait, malgré tout, le souvenir de l'écrivain, et cette enfant, devant laquelle il demeurait sans parler. La petite avait rougi, en le voyant. Elle était accourue au coup de sonnette, parce qu'elle était occupée à ses devoirs dans une chambre voisine et croyant ouvrir la porte à un fournisseur. L'apparition d'un inconnu la décontenançait, au point que sa voix se fit toute basse pour répondre à la demande de l'étranger:

«Oui, monsieur, maman est là. Si vous voulez entrer dans le salon... Je vais la prévenir...»

«Voulezvous lui remettre ma carte?» dit René, qui ajouta: «Si Mme Passart ne peut pas me recevoir maintenant, je retournerai quand elle me le permettra...» Il venait de sentir que ce serait un abus de confiance de s'introduire ainsi chez son amie d'autrefois, à la faveur de l'enfant qui, dans son ignorance des usages, ne lui avait pas même demandé son nom?... Mais déjà la petite avait pris la carte; elle avait gravi, deux par deux, les marches de l'étroit escalier intérieur qui desservait l'unique étage du pavillon. Pendant les quelques instants que dura son absence, Vincy put constater que tout, autour de lui, dans cette espèce d'antichambre, révélait une existence bien petite, bien resserrée. Les marches de cet escalier étaient en moellons, terminés par un mince rebord de bois, et aucun tapis ne les préservait. Mais les carreaux étaient soigneusement passés au rouge, et ce rebord de bois frotté à la cire. Le papier des murs, tout uni, avait coûté quelques centimes le rouleau, mais il disparaissait presque entièrement sous des photographies encadrées de passepartout. René observa, non sans une émotion singulière, qu'elles représentaient des tableaux disparates, et tous propices aux commentaires lyriques, dont il avait eu la passion dans sa première jeunesse. Il les avait certainement mentionnés à sa fiancée d'alors: c'étaient l'Hérodiade de Luini, la Vierge aux rochers de Léonard, le Crucifiement de Mantegna, les Pèlerins d'Emmaüs du Titien. Le métier du professeur de dessin suffisaitil à expliquer cette coïncidence entre ces choix et les goûts professés jadis par le poète? Celuici n'eut pas le loisir de se poser longtemps ce problème, car déjà l'enfant avait reparu, suivie de Rosalie ellemême, toute saisie, pâle, et dont la voix eut un étouffement, comme celle de sa fille tout à l'heure, pour répondre aux phrases du visiteur qui s'excusait de son indiscrétion:

«Indiscret pour vous être souvenu de si vieux amis!... Que je vous présente ma fille aînée, monsieur Vincy. Elle s'appelle Émilie, comme votre pauvre et chère sœur.Va continuer ton devoir,» ajoutatelle en caressant la tête de l'enfant, d'un geste où son agitation achevait de se trahir. Puis, quand ils furent seuls dans le salon:«Vous avez vu comme elle a rougi en entendant votre nom? Elle sait qui vous êtes, et elle pourrait vous réciter de vos vers,ceux que je lui ai choisis. Elle les trouve si beaux!... Et elle les dit si bien!...»

René ne répondit pas. Il s'était attendu à tout, sauf à cet accueil dans lequel il n'entrait ni amertume, ni coquetterie,presque trop peu de coquetterie,car Mme Passart n'avait pas même pris le temps de changer sa modeste toilette. Elle portait une robe d'une petite laine gros bleu, défraîchie, et dont la seule élégance consistait dans un col et des manchettes de toile brodée. Pas un bijou, qu'une médaille d'argent, montée en broche, que René avait vue jadis à la vieille Mme Offarel. Mais, dans cette tenue de petite bourgeoise, Rosalie conservait la grâce de manières qui avait été l'aristocratie native de cette fine plébéienne, et sa séduction sur le poète. A quarantedeux ans, elle restait aussi mince qu'à vingt, aussi souple de mouvements. Elle avait encore son sourire et ses yeux,ce sourire frémissant qui découvrait ses dents restées charmantes, ses yeux noirs où s'approfondissait un si doux regard. Mais ses cheveux, qu'elle partageait simplement, comme autrefois, en deux bandeaux, étaient devenus gris. Mais son teint pâli et fané disait les profondes fatigues d'une Parisienne pauvre et mal nourrie. Des rides griffaient son front et ses tempes. Des marques de lassitude meurtrissaient les coins de sa bouche et ses paupières. Enfin elle avait trop et trop longtemps peiné. Ses mains, qu'elle essayait de garder fines et soignées, disaient, toutes plissées et un peu déformées, cette existence d'une ménagère occupée à toutes sortes d'humbles besognes. Le masque de René montrait, lui aussi, les traces de l'âge. Mais ses quarantecinq ans avaient cette maturité bien nourrie, comme cossue, de l'homme riche qui s'assied deux fois par jour à une table de choix, qui dort le matin tout son saoûl dans une chambre, chaude l'hiver, fraîche l'été; qui passe les mois trop rudes dans le Midi, la canicule dans la montagne ou au bord de la mer. Ce caractère, profondément matérialiste, de sa physionomie était encore souligné par les recherches de sa mise. L'auteur mondain se serait cru déshonoré s'il n'avait pas eu les mêmes tailleurs que les habitués des mardis du ThéâtreFrançais, dont il avait été si longtemps le favori. Son dandysme aboutissait à faire de lui le sosie d'un boursier. Le contraste entre les destinées de ces deux êtres était symbolisé d'une façon surprenante par le contraste de leur aspect. Seulement, chose étrange et que Vincy sentit aussitôt avec une force extrême, de ces deux êtres, celui qui ressemblait le plus à son Idéal de jadis, ce n'était pas lui. La personne que la vie avait diminuée et vulgarisée, ce n'était pas Rosalie. Si tout, sur elle et autour d'elle, donnait l'idée d'un pauvre décor, tout donnait aussi l'idée que le drame moral, qui s'était joué dans ce décor, n'avait été que délicatesse et que pureté. Il y avait de l'ascétisme dans ce visage fatigué de la mère de famille, où les yeux gardaient leur jeune flamme. Il s'y lisait l'histoire d'une sensibilité ennoblie par la quotidienne acceptation des modestes devoirs, réchauffée au feu d'affections profondes, romanesque par son ardeur, mais nourrie de vérité. Et rien que son attitude envers le perfide fiancé de sa dixhuitième année, devenu un homme célèbre, attestait une nature simple et droite, qui ne connaît ni le reniement des émotions éprouvées autrefois,n'ayant pas à en rougir,ni la rancune, parce qu'elle est d'instinct très généreuse et très grande. Cela lui faisait évidemment un peu mal de revoir René, mais elle attribuait la présence de son visiteur à un respect de leurs communs souvenirs, et elle lui en était reconnaissante.

«Je me trouvais dans votre quartier,» avaitil dit pour rompre le silence qui s'était comme imposé à tous deux dans ces premières minutes. «Il y avait longtemps que je voulais savoir de vos nouvelles... J'aurais pu vous écrire...»

«Vous avez préféré venir,» interrompitelle, «et vous avez bien fait... Moi aussi, j'ai pensé souvent à vous écrire, à chacun de vos nouveaux triomphes. Et puis je n'ai pas osé... Pourtant j'étais sûre, bien sûre, que vous n'aviez pas oublié vos amis d'autrefois... Vous avez vu, par ma fillette, qu'eux non plus ne vous oublient pas.»

«C'est votre fille aînée?» demandatil, plus gêné encore par cette spontanéité de sympathie naïve.

«C'était la seconde,» répondit Rosalie, «nous en avons perdu une. Il nous reste celleci et trois autres, deux filles et un garçon. Ils sont en classe maintenant. J'ai gardé Émilie à la maison parce qu'elle était un peu fatiguée... C'est un petit monde, vous voyez.»

«Alors,» reprit Vincy après un nouveau silence, «vous êtes heureuse?...» Il avait remarqué qu'en prononçant le mot «nous,» la charmante femme avait eu un rien d'hésitation. C'était sa première mention de son mari, dont l'ancien fiancé n'avait pas eu le courage de lui parler.

«Heureuse?...» répliquatelle, en hochant sa tête, «on n'est jamais tout à fait heureux... Il y a eu bien des épreuves. Les enfants ont été malades. M. Passart n'a pas toujours eu autant de leçons qu'il en a aujourd'hui. Mais je suis contente... C'est vous qui devez être heureux! Tout vous a si bien réussi!... Vous avez la gloire, la fortune. Vous avez tout ce que vous avez rêvé, quand...» Elle ne finit pas sa phrase et ajouta:

«Si Mme Fresneau vivait seulement pour vous voir!...»

«Elle verrait quelqu'un qui regrette souvent la rue Coëtlogon», repartit le poète.

«Vous dites cela?...» fitelle avec un peu de rougeur sur ses joues pâles.

«Et c'est bien vrai,» réponditil, et voici lentement, longuement, se laissant aller à penser tout haut, il commença de peindre la vie littéraire, sa vie, telle qu'il la sentait à cette minute, et la femme qu'il avait choisie jadis pour l'associer à cette vie l'écoutait, avec un étonnement douloureux dans ses yeux émus. Ce n'était pas, de la part de René, du cabotinage, quoiqu'il mît quelque complaisance à se poser en victime de sa propre renommée. Ce n'était pas du calcul, quoique la diplomatie la plus raffinée n'eût pas choisi un autre procédé pour atténuer, sinon supprimer, ce qu'allait avoir de brutal la demande qu'il préparait. Non. L'auteur à la mode se soulageait de toutes les blessures dont son amourpropre avait saigné et qu'il n'avouait jamais, en dénombrant ainsi ces tracasseries de la carrière d'écrivain qu'une imagination irritable tourne si naturellement au tragique. Il disait la levée de hautes et de basses jalousies dont s'accompagne le succès; l'atmosphère d'hostilités et de calomnies où respirent ceux que le public aperçoit de loin dans une apothéose, l'inconsciente férocité de ce même public qui traite ses auteurs comme un autocrate ses ministres, toujours prêt à briser le favori d'hier. Il disait les lassitudes que la surcharge forcée de la production impose aux plus courageux ouvriers en vers et en prose; le supplice intime de l'artiste à qui l'on reproche de se répéter, et qui doit, à tout prix, se renouveler, sous peine de périr. Il ne s'apercevait pas luimême que cette lamentable élégie était la plus terrible condamnation de son existence intellectuelle. Il n'y parlait que de succès et d'insuccès! Quelle triste preuve qu'il n'avait jamais travaillé qu'en vue d'un effet à produire! La confidente de son premier rêve de gloire, devenue, pour quelques minutes, la confidente de sa désillusion dans ce rêve accompli, ne pouvait pas comprendre quelle misère morale trahissait une si maladive frénésie de vogue et d'applaudissements. Quand enfin il eut raconté, en l'attribuant toujours à l'envie, l'échec de sa dernière comédie et l'insolence des sociétaires qui s'étaient permis, eux, des cabotins, de le recevoir à corrections, lui, l'auteur de dix pièces acclamées:

«Ah! c'est indigne!...» s'écriatelle. «Mais il faut vous venger. Oui, vengezvous par un nouveau chefd'œuvre.»

«Un chefd'œuvre?...» réponditil avec un haussement d'épaules découragé. «On ne fait pas un chefd'œuvre, comme on veut.»

«On?...» repritelle finement, «c'est possible... Mais René Vincy!... Je vous ai vu travailler autrefois. Je me souviens comme les beaux vers vous venaient, si naturellement, si facilement...»

«Oui,» réponditil, et sentant bien que c'était l'instant de parler ou jamais, il répéta: «Oui, quand j'en composais pour vous.»

A cette allusion si directe, la seule qu'il se fût permise depuis le début de cet entretien, le sang afflua aux joues de la pauvre femme. Il y eut une nouvelle tombée de silence entre eux; puis, sans avoir le courage de la regarder, et luimême, la pourpre au visage:

«Ces vers que je vous ai écrits, vous vous rappelez, pendant six mois, tous les jours...» interrogeatil, «ces vers... Vous les avez gardés?»

«Si je les ai gardés!...» ditelle simplement. «Comme vous m'avez demandé cela?... Pourquoi?...» Et le fixant soudain avec des yeux où il put lire une véritable angoisse de ce qu'elle osait concevoir et formuler.«Ah!» s'écriatelle, «je comprends... C'est pour cela que vous êtes venu... pour me les redemander? Vous voulez me les reprendre... Vous voulez...»Elle n'acheva pas, et, fièrement, après un instant d'hésitation presque terrible pour son interlocuteur, tant il y sentit passer de douloureuse révolte: «C'est trop juste, ils sont à vous. Je vais les chercher...»

Elle s'était levée et elle avait déjà fait un pas vers la porte. Que René se tût seulement, qu'il la laissât sortir de la chambre, et sans même qu'il eût eu la honte d'exprimer son féroce désir, il rentrait en possession de ces vers de jeune homme. Le volume, annoncé insolemment à l'insolent Jacques Molan, était à sa portée, et sans doute les «deux sous de gloire», plus peutêtre... Mais que Molan était loin de Vincy à cette minute, et loin les misérables vanités de la vie littéraire!... Un élan irraisonné venait de le faire se lever, lui aussi, tout d'un coup. Il avait pris le bras de Rosalie pour la retenir, et, d'un accent où frémissait à nouveau, pour la première fois peutêtre depuis qu'il était célèbre, la sensibilité délicate et passionnée de ses vingtcinq ans:

«Non,» disaitil, «ne pensez pas cela... Ne me jugez pas ainsi... Je ne suis pas venu vous redemander ces vers. Je les aurais que j'aurais horreur de les publier... Moi vivant, ils ne paraîtront jamais. Je vous le jure... Et d'ailleurs, je n'ai aucun droit sur eux. Ces vers ne sont pas à moi. Ils sont à vous... Je suis venu savoir si vous m'aviez pardonné, vraiment pardonné. Oui. Voilà pourquoi je suis venu, pour cela seulement. Je le sais et je vous en remercie...»

En prononçant ces mots si absolument contraires à ceux qu'il avait préparés, René portait à ses lèvres cette petite main, fatiguée par le travail; la tremblante main de la naïve bourgeoise dont son souvenir avait été l'unique roman, dont ses vers avaient été l'unique poésie, et il mettait sur ces doigts qui avaient si précieusement gardé ses vers de jeunesse un baiser dont l'émotion lui remua le cœur d'un frisson qu'aucun de ses triomphes de théâtre ne lui avait jamais fait connaître.

Novembre .

# I

«Je vais demain à La Capte, féliciter mes cousins Gronsac pour le mariage de leur fille,» m'avait dit le commandant Montis, un de mes très proches voisins, sur cette côte de Provence où j'habite cinq mois d'hiver. «Venezvous avec moi?... Si ce déluge ne recommence pas, entendonsnous...»

J'avais accepté d'autant plus volontiers que je devais, moi aussi, cette visite aux Gronsac, et de la colline où nous avons nos maisons, M. de Montis et moi, jusqu'à La Capte, c'est un vrai voyage: quinze kilomètres sur des routes du Midi, abîmes de boue quand il a plu, abîmes de poussière quand il fait soleil et mistral. On préfère affronter ces misères à deux. C'était la boue que nous devions subir, après les cataractes déplorées par M. de Montis. Elles avaient cessé, ce lendemain, quand nous partîmes, mais en laissant dans la plaine un ravinement d'inondation. Aussi à peine avionsnous quitté la colline que la ponette corse qui traîne d'ordinaire si lestement le panier à deux roues,seul équipage du vieil officier retraité,commença d'enfoncer avec désespoir ses jolies pattes minces dans les paquets de fange. Elle allait tout de même, Vérité, la bien nommée, la vaillante petite coureuse alezane. Ce que voyant, son propriétaire me répéta pour la centième fois cet aphorisme d'hippologie, prononcé avec le sérieux comique des amateurs de chevaux:

«Aije raison de vous affirmer que tous les alezans sont chauds?... En atelle, un cœur!...» Puis il ajouta, comme toujours: «Elle n'a qu'un mètre quarante, très juste, mais voyez son rein. Estce large? Estce doublé? Elle me porterait, si...»

Et il me montrait, posé sur le tapis de la voiture, à côté de son pied gauche, le pilon qui lui sert de pied droit. Montis a perdu la jambe à Buzenval, dans la funeste et inutile sortie du  janvier, sinistre épilogue d'incapacité à la plus incapable des défenses. Cette terrible blessure lui a valu la croix et le quatrième galon,mais sa mutilation l'a forcé de quitter le service. A la suite de sa mise en réforme, il a trompé la tristesse de sa carrière brisée en courant le monde, avec une manie de mouvement qui fait un contraste ironique à son infirmité. Où n'atil pas promené cette jambe de bois qui lui interdit d'essayer les forces de la ponette Vérité? L'Orient, les Indes, le Japon, les deux Amériques,il a regardé tous les paysages des deux hémisphères, de ses yeux si bleus sous l'embroussaillement de ses épais sourcils, restés roux à cinquantesix ans, comme son visage, tanné par l'air, reste maigre. L'énergie est partout empreinte sur cette physionomie qui s'accorde bien au nom. La famille Montis a émigré de Toscane en Provence, au quinzième siècle, à la suite d'une des innombrables convulsions civiques qui jetèrent sur les routes tant de nobles florentins. Le commandant a beau être devenu, par le cœur, un vrai Français de cette France pour laquelle il a versé son sang, physiologiquement il demeure un de ces Italiens roux, que l'on voit dans les fresques de

Masaccio et de Ghirlandajo. Il garde aussi, de ces Toscans de la grande époque, un je ne sais quoi d'inapprivoisable, une sauvagerie, dissimulée sous la plus courtoise politesse. Il est de cette espèce d'hommes qui n'est jamais complètement civilisée, ni en bien, ni en mal. Mais avant l'anecdote qui sert de matière à ce récit, il fallait être un maniaque d'atavisme, tel que moi, pour deviner, pour imaginer peutêtre, cette hérédité un peu farouche dans le vieux garçon estropié, qui, à demi ruiné par les prodigalités de ses voyages, était rentré au pays natal. Il avait acheté une bicoque au soleil, dans un vaste jardin, pour achever d'y mourir, entre des fleurs, quelques ruches d'abeilles, des livres et sa ponette alezane,laquelle continuait, dans l'excursion que je raconte, d'arracher la légère voiture aux engluements de la boue, tandis que son maître me renseignait sur un tout petit point de linguistique, avec cette minutie d'archéologie locale, autre manie de tant de retraités. Il me disait:

«Vous êtesvous demandé ce que signifie le nom de ce domaine de mes cousins, La Capte? Avec le temps on est arrivé à écrire ainsi: La et Capte;en réalité, on devrait écrire l'Accapte en un seul mot et avec une apostrophe.Accapte, c'est l'acceptum des latins, le participe d'accipere: recevoir... ou prendre! Il y a un hameau, près d'Hyères, qui porte ce nom, mais avec la vieille orthographe. Elle rappelle le droit d'accapte, c'est à dire d'épave, qui appartenait aux marquis des Iles d'or, à cet endroit là, comme il appartenait aux Montis, là où nous allons...»

Je le regardais, tandis qu'il m'énonçait cette amusante, et peutêtre fantaisiste, étymologie. Je crus voir une ombre passer dans ses yeux clairs, et je me demandai si la légende qui courait sur lui aurait par hasard raison? Je le savais quasi brouillé avec les châtelains actuels de la dite Capte ou Accapte. J'avais même attribué à la gêne de relations fausses son désir de m'emmener avec lui dans cette visite obligée. C'étaient des parents trop proches pour que le mariage de leur fille ne lui imposât pas une démarche. J'avais aussi entendu conter que cette demibrouille avait précisément pour motif ce domaine dont il m'expliquait les privilèges anciens. Sa cousine, Mme de Gronsac, en avait hérité, à son dam, d'un oncle commun, lequel avait trouvé fort mauvais, comme d'ailleurs tous les compatriotes du commandant, son parti pris, si longtemps prolongé, de ne pas vivre au pays. Petites ou grandes, parisiennes ou provinciales, les sociétés n'aiment jamais qu'un de leurs membres se passe d'elles trop aisément. Aussi avaiton fort approuvé, dans la petite ville d'où les Montis sont originaires, et dans les mas, bastides et villas environnantes, que le vieil oncle eût rayé le nom de son neveu sur son testament. Puis comme les hypothèses vulgaires semblent toujours les plus vraisemblables à l'opinion,elles sont à la hauteur morale des majorités,l'isolement un peu excentrique où le commandant s'enfermait, visàvis des siens et de toute la contrée, était attribué de même à un mécontentement d'héritier frustré. Certes la modeste habitation du blessé de Buzenval, achetée d'un négociant marseillais et qui s'appelait bourgeoisement et prosaïquement: «Ma Toquade», n'avait rien de commun avec le seigneurial manoir que nous allions voir bientôt dessiner ses toits couverts de tuiles brunes, au centre d'une admirable vallée, dans un des contreforts des montagnes des Maures, en face de l'île de PortCros. Un manoir? C'est baptiser bien solennellement cette exquise maison de plaisance, la plus caractéristique de cette côte. En voulezvous un croquis? Pour y arriver, imaginez un porche du dixhuitième siècle, surmonté d'une balustrade; puis, une longue allée de hauts palmiers faisant haie. Un parc d'orangers et de citronniers mûrit ses fruits d'or au gai soleil. Des roses fleurissent en plein janvier et des mimosas. Un rideau de séculaires cyprès protège le château du côté du nord. A l'horizon la mer bleuit dans une crique hérissée de rochers rouges, et partout apparaissent les signes d'une culture merveilleuse:ici des vignes dont les ceps sont gros comme des troncs d'arbres; là un bois de chêneslièges avec leur cœur nu et noir dans leur manchon d'écorce grise, entaillé de l'année précédente. Ailleurs c'est le frisson argenté d'un massif d'oliviers,et sur la façade longue du château, toute mangée de soleil, d'étroites fenêtres rabattent leurs volets bruns. Cette rareté des ouvertures raconte les longs séjours d'été, comme la pente douce des toits raconte la saison des pluies. Ils sont aménagés ainsi, pour recevoir l'eau qui s'amasse dans l'ancienne citerne. Une tourelle au centre révèle, à qui connaît les ingéniosités des architectes de la contrée, que ce puits de réserve a été creusé dans le roc, au milieu même du bâtiment. Que le propriétaire de Ma Toquade eût préféré, avec sa haute mine, succéder à ses aïeux dans la suzeraineté de ce paradis terrestre rafraîchi par la brise de mer, plutôt qu'au mercanti de la Cannebière dans son mesquin videbouteille, la chose était trop légitime. Mais qu'il eût la petitesse d'en vouloir à des gens de son sang, pour un héritage,même celuilà,cela non. A vrai dire, avant cette visite, l'idée ne m'était jamais venue de chercher une raison à son éloignement des siens. Je l'avais attribué au désir si naturel, quand on a vécu largement et librement, d'échapper aux étroitesses forcées de la province. Pour la première fois, à l'expression soudaine de ses prunelles, tandis qu'il me parlait de La Capte, je crus m'apercevoir que l'image de l'endroit vers lequel nous nous dirigions, au trot infatigablement égal de la vaillante ponette, s'associait dans le cousin des Gronsac à des impressions plus singulières et plus profondes que ce désir d'indépendances ne les supposait.

«Après tout,» songeaisje, «connaîton jamais tout un caractère? Que saisje de Montis? Qu'il est parfaitement gracieux pour moi... Qu'il a voyagé et profité de ses voyages... Qu'il est un ingénieux obtenteur de roses, comme ils disent ici, et qu'il soigne bien ses abeilles... On peut être fort mauvais parent avec ces qualités. Et puis n'atil pas quelque preuve, de lui seul connue, que les Gronsac ont capté son oncle avec de vilains procédés?... D'ailleurs ce ne sont pas mes affaires...»

Je me tenais ce petit discours intérieur, en continuant d'échanger avec mon compagnon des propos d'un ordre tout autre. Je l'interrogeais sur les accidents de la route, qui, tour à tour, longe la mer, entre dans les terres, serpente parmi les rochers, traverse un bois de mimosas, des champs de violettes, des bouquets de chênes. Quoiqu'il me répondît avec sa complaisance habituelle, je remarquai que ses phrases se faisaient de plus en plus brèves, à mesure que nous approchions du terme de notre promenade. Volontairement ou non, il laissait tomber la causerie. Mais la simple appréhension de se retrouver en face de personnes peu sympathiques n'expliquaitelle pas cet embarras, surtoutc'est la règle dans les dissentiments de famillesil s'était donné des torts, même ayant raison? Pourquoi commençaisje à soupçonner malgré moi qu'il y avait autre chose? Quoi? J'ignorais tout de la jeunesse de Montis. Des Gronsac je ne savais rien, sinon que le mari était un gros gentillâtre de campagne, cordial et commun; Mme de Gronsac une femme assez malingre, affreusement fanée à cinquante ans, et qu'elle passait pour jouird'après la cocasse métaphore populaired'une très mauvaise santé. Leur fils aîné, que je connaissais et qui aidait son père dans l'exploitation du domaine, avait trente ans; leur fille cadette, celle dont les fiançailles provoquaient notre visite, en avait vingt. Ces deux enfants, les seuls que les Gronsac eussent gardés, étaient nés pendant que Montis voyageait. Donc aucune hypothèse de paternité clandestine ne pouvait s'esquisser dans ma fantaisie. Je me répétai que ce n'était pas mes affaires, et, voyant que le commandant ne me répondait que distraitement, je finis par me taire en combattant de mon mieux ma curiosité éveillée, malgré moi, par cette sage maxime: un nouveau venu dans un pays doit s'efforcer de ne pas se faire raconter les histoires des gens. C'est la seule manière de ne jamais s'en mêler. Les jets de boue que les sabots de Vérité faisaient jicler du sol et dont j'avais beaucoup de mal à me préserver sous la couverture ne m'étaientils pas un symbole du danger qu'il y a à s'aventurer dans les fondrières? Celles de la vie sont pires que celles des routes.

Comme notre voiture prenait le chemin détourné qui, de la grand'route, s'engage dans la vallée de La Capte, notre silence durait depuis une demiheure déjà. Il fut interrompu par un appel, où je reconnus la voix du possesseur de cet endroit, j'allais dire l'usurpateur, tant l'aspect de M. de Gronsac contrastait avec l'élégance presque attique de ce paysage. C'était bien lui qui nous avait vu venir d'un rocher derrière lequel il s'abritait du vent pour allumer une pipe en terre, fortement culottée, dont il tirait d'épaisses bouffées. Il était vêtu d'un costume de drap solide, dont la couleur gris de fer avait déteint sous les averses et les coups de soleil. Son chapeau de feutre mou, enfoncé jusqu'aux oreilles; sa chemise de flanelle, lâche autour de son cou bronzé et velu; les fortes bottines à clous où s'étalaient ses pieds robustes et que des guêtres de cuir, graissées tellement quellement, prolongeaient jusqu'à hauteur du genou, tout en lui dénonçait le laisseraller du propriétaire terrien qui ne se surveille plus, n'ayant à ménager qui que ce soit et quoi que ce soit, et dont le tempérament insouciant n'a pas besoin de raffinement personnel. Une barbe de quatre jours hérissait de véritables crins son menton et ses joues, qu'il avait larges, tombantes et plaquées de ces taches d'un rouge brique, indices probables d'un abus de l'alcool sous un climat trop chaud. Ce personnage de taille très haute avait une carrure d'athlète engraissé, qui s'accordait au timbre de sa voix, puissante et rauque,une vraie voix pour apostropher dans leur patois des ouvriers de campagne, tels que ceux qui, dans ce moment au nombre d'une quinzaine, à quelque cent mètres de nous, désempierraient un morceau de terre, la pioche du pays aux mains, et aux jambes ces houseaux de toile bise, les antiques braies des Gaulois:

«Bonjour, Messieurs,» nous avait crié le gentilhommecampagnard en arrêtant du geste la ponette. Vérité obéit et cessa d'avancer, non sans creuser le sol de son pied impatienté! «Bonjour et bonsoir, car je ne pense pas aller vous voir au château jouir de votre compagnie. Je n'ai pas de chance avec vous, cousin Montis... Vous trouverez ces dames à La Capte; mais moi, je ne suis pas un rentier comme vous autres. Je suis un vigneron, et, si ça continue, je me demande comme les vignerons s'y prendront pour vivre... Vous qui n'avez rien à faire toute la sainte journée, mon cousin, vous devriez bien aller à la Chambre, et nous aider à bousculer ces sales lois sur les vins étrangers... Mais voilà, pour être nommé député il vous faudrait vous présenter comme républicain, et vous ne voudriez jamais... Moi, pourvu que je vende bien mon vin, ce que je me moque de la politique!» (ce n'est pas moque qu'il y avait dans son texte)«Et toute la France est comme moi... Fini le temps des chouans, mon cousin, fini, fini... Il n'en faut plus... Il faut des gens d'affaires et pas des don Quichotte... Suisje dans le vrai, hein? Oui ou non, suisje dans le vrai?»

Il y avait, dans sa façon de parler au commandant, un mélange assez énigmatique de timidité,l'éclair brisé de ses prunelles le dénonçait,et d'arrogance agressive. Il connaissait trop les idées de son parent, royaliste déclaré, pour que cette allusion à la chouannerie ne fût pas une sotte taquinerie préméditée. Le masque du vieil officier ne tressaillit pas aux discours du rustre. A peine si le pli volontiers amer de sa bouche se marqua davantage, et il répondit:

«J'étais venu, mon cher Gustave, vous présenter mes compliments pour le mariage de votre fille. Je suis heureux d'avoir pu vous les faire de vive voix. Ma cousine Marie doit être bien heureuse...»

«Elle devrait l'être,» reprit le butor, «mais elle est si mal en train toujours!... Mon futur gendre a de la chance que Diane lui apporte une belle santé. C'est le sang des Gronsac... Ne me parlez pas d'une femme qui n'en finit jamais d'être malade. Quel baluchon à traîner!...» et il secoua ses larges épaules comme pour se débarrasser d'un fardeau trop lourd; puis, brusquement: «Je ne vous retiens pas... Votre jument s'ennuie. C'est nerveux comme une femme, une ponette, mais du moins ça travaille. Allons, adieu. J'ai des ordres à donner. Après ces pluies, il ne faut pas laisser ces gaillards seuls... La terre est molle. Ça les ennuie d'y chercher des cailloux... Si je peux, je vous saluerai encore au passage. Sinon, bon retour. Dites donc, cousin, soyez moins rare tout de même...»

«Ç'a été un bien joli garçon, tel que vous le voyez, à vingtdeux ans,» me dit le commandant, comme Vérité commençait à démarrer. Il voyait que je regardais la lourde silhouette du vigneron têtu s'éloigner vers le groupe d'ouvriers.

«Alors c'est un mariage d'amour qu'a fait votre cousine?» demandaije. «C'est bien invraisemblable aujourd'hui...» Il me sembla de nouveau à cette exclamation, assez étourdiment jetée, que la même ombre, remarquée tout à l'heure, s'épaississait dans les yeux bleus de mon compagnon. Mais non. Je m'étais trompé. Car sa voix fut particulièrement calme pour me répondre: «Je le suppose. Je n'étais pas là. C'était l'année où je visitais l'Inde...»

«Il n'a pas l'air d'un tendre époux,» continuaije, toujours étourdiment. Mais comment n'être pas la dupe du flegme impassible de ce vrai Florentin? Qui donc a dit, à propos de l'étonnante domination d'euxmêmes, si particulière aux Italiens, qu'ils sont tous allés au collège chez Machiavel, et qu'ils ont tous eu le premier prix?

«Bah!» réponditil, «il ne lui en a pas moins fait cinq enfants...» Le demicynisme de cette remarque, assez extraordinaire chez l'ancien soldat, qui professait d'instinct à l'occasion des femmes une chevalerie de langage très différente du ton du jour, m'étonna un peu. Mais ne savaisje pas que le commandant avait ses raisons pour n'être pas très bienveillant envers ses cousins,envers sa cousine surtout, me parutil, lorsqu'arrivés au château, nous fûmes introduits dans le salon? Mme de Gronsac s'y tenait, au milieu d'un cercle de personnes venues, comme nous, lui apporter leurs félicitations. Quoique l'on fût au printemps et qu'après ces jours de pluie il flottât dans l'air, réchauffé par le soleil déjà fort, une buée tiède, presque une atmosphère d'été, l'épouse du robuste seigneur que vous venions de rencontrer était assise au coin d'un grand feu et elle grelottait, enveloppée dans un manteau de martre dont la nuance fauve accentuait encore la lividité cadavérique de son visage consumé. Il semblait que pas une goutte de sang ne courût sous cette peau d'une femme évidemment atteinte dans les sources les plus intimes de la vie. S'il n'était pas possible de deviner dans Gronsac le joli homme dont m'avait parlé M. de Montis, la jolie femme de jadis se reconnaissait vaguement dans les traits de la malade. Même trop creusés, ils gardaient leur finesse. Ses mains, qu'une nervosité presque incontrôlable crispait autour d'un écran qu'elle opposait à la flamme du foyer, étaient aussi fines que les pieds apparus au bord de la jupe. Ces pieds se cachèrent,le bruit du tabouret brusquement repoussé me força de remarquer ce détail presque insignifiantcomme nous nous approchions pour la saluer. Ce fut le seul indice qu'elle donna d'une impression quelconque, à nous voir entrer et à entendre les coups sonores, puis amortis, du pilon de bois de son cousin sur le carreau passé au rouge qu'un tapis de centre recouvrait incomplètement. Quant à Montis, la tranquillité avec laquelle il demanda de ses nouvelles à cette mourante excluait si bien tout intérêt particulier, que certaines idées soulevées dans ma pensée par vingt légères remarques inconscientes se dissipèrent aussitôt. Un incident bien inattendu allait les réveiller, et les changer en une évidence qui m'émeut encore, lorsque je me rappelle cette arrivée glacée dans ce salon, les premiers propos d'une banalité si cérémonieuse, échangés avec la maîtresse du lieu et les sept à huit visiteurs; puis le coup de théâtre qui suivit:

«Ne pourraije pas féliciter ma cousine Diane?...» avait demandé le commandant après quelques minutes, durant lesquelles il avait sans doute attendu la rentrée de la jeune fiancée, qui ne se trouvait pas dans le salon.

«Elle est montée chez elle avec deux de ses amies. Je vais l'envoyer chercher,» dit la mère.

«Ne vous donnez pas la peine, Madame,» interrompit une des jeunes filles qui se trouvaient là, assises à chuchoter dans un des coins. Avant que Mme de Gronsac eût pu répondre, la complaisante enfant avait ouvert la porte que, dans sa hâte, elle oublia de refermer, et nous pûmes l'entendre qui, du bas de l'escalier, appelait: «Diane, Diane!...» et la voix de celleci demandait du haut: «Qu'y atil?...» Un petit cri de la première répondit, cri de joyeux étonnement, accompagné d'éclats de rire des deux autres, et ce fut tout l'écho d'un débat entre ces quatre gamines:«Non, je ne veux pas...»«Mais si, mais si...»«Laissezmoi, je vous répète que je ne veux pas...» Enfin, le bruyant tumulte d'une lutte gracieuse à laquelle d'autres phrases d'insistance servaient de commentaire:«Tu es trop jolie ainsi, il faut que tu viennes et qu'on te voie...» et de nouveau le: «Je ne veux pas...» d'éclater, et, pour riposte: «Nous t'y mènerons de force,» tant et si bien que la jeune fille qui s'était chargée d'aller chercher Diane rentra dans le salon, et s'adressant à Mme de Gronsac: «N'estce pas, Madame, que vous ne la gronderez pas?... Elle a mis votre robe de mariage... Et si vous saviez comme ça lui va!... Il faut qu'elle vienne... Permettezlelui?...»

«Mais oui, qu'elle vienne...» répondit la malade.

«Il faut que tu viennes, ta mère le veut!...» Et en même temps qu'elle traduisait sous cette forme impérative la permission arrachée presque de force, la messagère se précipitait, pour revenir quelques instants plus tard, et elle traînait par la main Mlle de Gronsac, rougissante, hésitante et poussée doucement par ses deux autres amies. Diane avait en effet passé, un peu par jeu, un peu par coquetterie, la robe de mariage de sa mère. Celleci avait tiré d'un bahut familial cette relique d'un jour d'espérance, suivi de si tristes lendemains, pour obéir à une enfantine et trop naturelle curiosité de son enfant. La jeune fille avait essayé cette robe, une fois en tête à tête avec sa mère, et elle n'avait pas résisté au plaisir de la mettre à nouveau devant ses amies... Elle se tenait devant nous à présent, à moitié confuse, à moitié ravie, adorable de grâce délicate et virginale dans la robe blanche, dont le satin avait jauni depuis ces trente ans jusqu'à prendre des tons d'ivoire. Les manches en étaient étroites. De petites basques allongeaient le corsage. Des volants s'étageaient sur la jupe, dont la forme évasée rappelait la crinoline. C'était un costume déjà, presque un déguisement, que cette toilette démodée qui ne datait pourtant pas d'un demisiècle!... Et ce qui achevait de donner à cette fantaisie un je ne sais quoi d'inexprimablement saisissant, c'est qu'une des compagnes de Diane tenait à la main une photographie toute pâlie, qu'elle fit passer dans nos mains: Mme de Gronsac était représentée dans cette même parure. La ressemblance de la mère et de la fille, qui se devinait seulement, à les voir aujourd'hui, devenait frappante, devant ce portrait où les mêmes plis de cette même robe de noces, ce même corsage, ces mêmes manches vêtaient réellement le même être. La Mme de Gronsac d'il y a trente ans était là, ressuscitée dans sa fille. C'était elle qui nous souriait, frémissante d'ingénuosité adolescente, idéale de beauté et de fraîcheur fine, avec la fleur de son teint d'alors, la sombre fraîcheur de ses prunelles d'avant la vie, les masses épaisses de ses cheveux châtains à reflets blonds, la nacre humide de ses dents brillant entre ses lèvres rouges qu'une insouciante mutinerie entr'ouvrait joliment. Que c'est court, trente années! Elles avaient suffi cependant pour faire d'une apparition de jeunesse, telle que celleci, belle à ravir le cœur, cette triste et misérable loque humaine, cette pauvre femme décharnée et cachectique, toute froide au coin de son feu sous ses fourrures, image anticipée de ce que serait en , quand l'inexorable poussée des jours aura fait de nouveau son œuvre, la fiancée espiègle et gracieuse d'à présent! J'allais me retourner vers M. de Montis, et lui dire: «Quel bonheur que le fiancé ne soit pas là!...» Mais lui non plus, M. de Montis, n'était pas là. Il avait trouvé, dans le désordre qui avait accueilli l'arrivée des quatre jeunes filles, le moyen de sortir du salon, sans qu'aucun des assistants s'aperçût de son départ... Si. Quelqu'un s'en était aperçu. Je n'eus qu'à regarder Mme de Gronsac pour le constater: une émotion extraordinaire agitait la malade à cette seconde, qui n'avait rien à voir avec le regret de sa jeunesse disparue et de sa beauté évanouie. Son buste de mourante s'était redressé. Ses mains avaient quitté l'écran et se contractaient sur les bras du fauteuil. Un peu de couleur était revenu à ses joues, et, dans les profondeurs de ses yeux, une flamme s'était allumée. Ce n'était pas vers sa fille qu'ils se tournaient, ces yeux où se lisait une épouvante et pourtant une espèce de joie, presque folle. C'était vers la porte qui donnait sur le parc, et par où M. de Montis avait dû se retirer... Un irrésistible désir de le voir, lui, à cet instant même, me fit me précipiter de ce côté,indiscret élan dont je me repentis tout de suite, en le trouvant qui, écroulé sur un banc de pierre, contre la maison, sanglotait convulsivement. Le secret de la solitude et de la sauvagerie de ce soldat blessé, je le tenais, là, devant moi,et la raison de ses longs exils du pays natal, et celle de l'amertume qui creusait un pli si serré au coin de sa bouche fière. Le vieil officier venait de voir réellement un spectre en plein jour,celui de la femme qu'il avait passionnément aimée à vingtcinq ans, sans le dire. Il était un infirme, un mutilé. Elle n'avait pas deviné son sentiment alors, et elle avait très naturellement épousé le beau garçon destiné à devenir un brutal goujat. La dureté grossière de ce manant titré l'avait martyrisée trente ans. Elle avait été très malheureuse. Elle en mourait. Voilà pourquoi M. de Montis avait tant évité de la revoir. Il appréhendait, devant cette agonie prolongée, de laisser échapper l'aveu d'un sentiment qui, dans cette misère d'une existence cruellement manquée, serait une misère de plus. Cet aveu, il venait de le faire, pour la première et dernière fois, par son bouleversement devant le fantôme de celle qui avait été le rêve et le désespoir de sa jeunesse, apparue soudain dans la même robe qu'elle avait portée, pour s'agenouiller à l'autel,auprès d'un autre.

Décembre .

## FAUSSE MANŒUVRE

### I

Comme Paris est à la fois l'une des plus grandes villes entre les grandes, et l'une des plus petites entre les petites, la présence du jeune ménage Paluau dans la loge de la comtesse de Séricourt à l'Opéra, ce lundi, provoquait des commentaires sans fin parmi les abonnés de ce théâtre. Ces abonnés ne sont pas légion; mais, par les cercles et les champs de courses, par les salons et les cabinets particuliers, ils touchent à des sociétés si diverses que la moindre anecdote, commentée par eux, se trouve naturellement devenir ce que l'on appelle dans les gazettes spéciales un événement parisien. Encore vingtquatre heures, et la nouvelle d'une reprise de liaison entre Mme de Séricourt et Maurice de Paluau, six mois après le mariage de celuici, allait courir partout dans ce coin de province qui va du Bois de Boulogne à la place Vendôme et du parc Monceau à la rue de Varenne. En attendant, voici les phrases qui se prononçaient presque identiquement, entre initiés, de fauteuil à fauteuil, dans les avantscènes, dans les baignoires, enfin tous les postes d'observation d'où l'on pouvait voir, sur le devant de la loge des Séricourt, la toujours jolie comtesse et Mme de Paluau assises auprès l'une de l'autre. Au fond, parmi quelques comparses, se dessinait la silhouette des deux maris:

«Hé bien! Vous avez vu? La petite Séricourt a repris Paluau...»

«Ça en a tout l'air et c'est dégoûtant. Pourquoi s'estil marié, alors?»

«Hé! Hé! Sa femme a beaucoup d'argent.»

«Il faut bien qu'elle ait quelque chose. Quel paquet! Estce fagoté! Et Clotilde estelle délicieuse! C'est vraiment la femme la mieux mise de Paris. Ce que je ne comprends pas, c'est que Paluau l'ait jamais quittée, et pour ça!»

«Vous êtes bien sûr qu'il l'avait quittée?»

«Vous croyez? Ce serait encore plus dégoûtant, mais bien nature. Reste à savoir comment sa femme supportera la chose...»

«Elle n'en saura rien. Qui le lui dirait?»

«Pauvre petite!... D'ailleurs Paluau n'a pas l'air fier. Tout de même, j'en reviens à ce que je disais: pourquoi diantre s'estil marié?»


«L'argent, je vous répète, l'argent... Il avait beaucoup mangé.»

«Mais Mme de Séricourt l'aimait, puisqu'ils sont de nouveau ensemble. Pourquoi l'atelle laissé se marier?»

«Qui sait? Peutêtre aussi pour l'argent.»

«Vous croyez?...»

«Moi! Je ne crois rien... Mais laissezmoi écouter. J'adore ce Sigurd, et puis, je ne viens pas à l'Opéra pour regarder la salle. Je viens pour entendre la musique. J'ai ce ridicule.»

«Moi aussi...»

Le monde sait tout et il ne sait rien. Les indifférents qui le composent sont à la fois les plus perspicaces des espions et les plus badauds des gobemouches, de même qu'ils sont les plus cruels des juges et les plus indulgents des témoins. Les chroniques parlées du genre de celleslà ne sont jamais ni entièrement exactes ni entièrement inexactes. Il était très vrai que l'invitation à l'Opéra faite par Mme de Séricourt au jeune ménage Paluau constituait un épisode nouveau d'un roman déjà connu. Mais ce roman était assez banal: il s'en déroule des centaines dans ces décors d'élégance, où se prélassent les représentants d'une aristocratie dépossédée et qui trompe son oisiveté forcée par le piquant des aventures sentimentale. Il était faux que celuilà comportât des complications de cette sinistre scélératesse: une maîtresse mariée laissant son amant faire un riche mariage, pour exploiter à deux une riche dot! La réalité est à la fois plus simple et plus nuancée que la facile misanthropie du monde ne le suppose. Maurice de Paluau avait été pendant les trois dernières années de sa vie de célibataire l'amant de Clotilde de Séricourt. Seulement, lorsqu'il s'était décidé à se marier, cette liaison étant rompue, et d'une de ces ruptures qu'un homme a le droit de croire d'autant plus définitives qu'elles ont eu lieu sans scènes de drame, sans crises violentes, tranquillement, normalement, par lassitude réciproque. Les deux amants s'étaient rendu leurs lettres. Ils avaient échangé des engagements de bonne amitié. Cette solution vulgaire paraissait bien prouver que l'intrigue nouée entre Clotilde et Maurice relevait de la galanterie et non de la passion. Il était naturel que, dans de telles conditions, le jeune homme n'eût éprouvé aucun scrupule à ranger sa vie presque aussitôt. Dans la quinzaine qui avait suivi cette séparation, quasi officielle, ses affaires l'avaient appelé dans le Poitou, auprès de sa mère. Son séjour avait dû se prolonger. Là, enveloppé de cette atmosphère familiale qui contraste si fort, par sa paix honnête, avec les plaisirs frelatés et surchargés de Paris, il s'était laissé marier. Il avait épousé une jeune fille qui n'était pas noble, mais que sa mère connaissait et couvait pour lui depuis des années. Cécile Pradelle était l'unique héritière d'une terre immense qui jouxtait celle des Paluau. Ce motif d'ordre tout positif avait déterminé le choix de la mère de Maurice. La volonté de la vieille dame avait ellemême déterminé la décision de son fils. Il n'y avait pas trace de passion dans une telle union, mais il n'y avait non plus aucune trace d'un criminel ou bas calcul. A la suite de ce mariage, Paluau avait voyagé avec sa jeune femme, classiquement. Non moins classiquement il était revenu pour la saison à Paris, afin d'y chercher une installation autre que son rezdechaussée de garçon. Il se proposait de partager son existence en deux parties, comme beaucoup d'hommes de sa classe:un appartement dans le voisinage des ChampsÉlysées pour la fin de l'hiver et le printemps,et, pour l'été, puis la saison des chasses, son domaine vraiment seigneurial à michemin de Poitiers et d'Épanvilliers. La présentation de Mme de Paluau aux personnes que Maurice avait connues avant son mariage rentrait nécessairement dans ce programme,par suite à Mme de Séricourt. Le gracieux accueil de celleci rentrait également dans le programme d'amitié arrêté entre les deux anciens amants... Et pourtant, si la malveillance des habitués de l'Opéra avait tort d'interpréter d'une façon si dure cette première apparition de Paluau et de sa femme en public, à côté des Séricourt, leur instinct ne se trompait pas tout à fait: cette rencontre entre les affections passées du jeune homme et ses devoirs présents ne devait pas être aussi facile qu'il était en droit de le supposer après la convention de bons rapports conclue avec son ancienne maîtresse. Il allait éprouver, lui après tant d'autres, qu'il ne se connaissait pas tout entier luimême, et encore moins ses amis d'autrefois. Je ne sais quel psychologue moderne a trouvé une heureuse formule pour indiquer cette ignorance où nous sommes de notre sensibilité la plus profonde et des réactions qu'elle nous infligera au contact de tel ou tel événement. «Nous vivons,» atil dit, «sur la surface de notre être.» Rien ne démontre mieux la justesse de cet axiome que les surprises des lendemains d'amour. Lorsque Paluau avait demandé par lettre à Mme de Séricourt la permission de lui amener sa jeune femme, il se croyait bien sûr que si jamais une tentation de trahir ses nouveaux devoirs lui venait de quelqu'un, ce ne serait pas de Clotilde... Mais alors pourquoi se tenaitil dans cette loge d'Opéra avec ce front soucieux, cette bouche contractée, ce regard mécontent et ces yeux inquiets qui faisaient dire aux observateurs cet: «Il n'a pas l'air fier?» Pourquoi écoutaitil à peine Séricourt, qui lui parlait avec cette inexplicable et profonde sympathie que dixneuf maris trahis sur vingt ont pour l'homme avec qui leur femme les trahit ou les a trahis?Cette sympathie survit à la trahison, dont elle est le châtiment le plus ridicule et le plus amer.Pourquoi s'étaitil placé au fond, de manière à suivre, dans la glace, les mouvements de Clotilde, sans la regarder ellemême? Et pourquoi, quand celleci s'avançait ou se reculait; que cette glace reflétait, au lieu de ses épaules et de son sourire, le buste et le visage de Mme de Paluau, une véritable souffrance se lisaitelle sur les traits du jeune mari? Étaitce un remords soudain éveillé dans sa conscience à la pensée du rôle de dupe qu'il faisait jouer à sa femme? Étaitce l'humiliation de constater, en comparant Mme de Séricourt à Cécile, combien celle qui portait son nom paraissait lourde et presque paysanne à côté de l'autre? «Un paquet», avaient dit trop justement les jugeurs de l'orchestre. On eût dit qu'un malicieux génie s'était complu à conseiller à la nouvelle mariée précisément la toilette qui lui seyait le moins, et le voisinage de la comtesse soulignait encore cette faute de goût. Assez grande et d'une tournure déjà massive, Mme de Paluau portait une robe blanche, d'un lourd satin broché, qui l'épaississait et l'alourdissait en faisant paraître plus rouges ses bras un peu forts et en congestionnant son teint de demirousse. Au grand jour, elle avait cette belle fraîcheur saine d'une fille grandie à la campagne; mais aux lumières, et dans la chaleur de la salle, le sang plaquait ses joues. Elle en prenait, malgré ses beaux yeux d'un bleu intense et ses belles dents, une physionomie commune. Ses cheveux blonds, qu'elle avait très abondants, s'étageaient sur sa tête en nattes trop serrées, presque jaunes. Elle y avait mis des roses qui semblaient trop roses, une aigrette et une grosse broche en pierreries. Ses diamants, qu'elle portait en collier et qui lui venaient de sa bellemère, achevaient, par la lourdeur de leur monture, de lui donner un air harnaché et endimanché. Enfin, quoiqu'elle eût des traits réguliers et purs, c'était une femme laide, en ce moment, surtout en regard de l'artifice savant que représentait la toilette de sa voisine. Une grande dame parisienne, comme était Mme de Séricourt, pense d'abord, quand elle combine sa parure, à ses défauts plus qu'à ses beautés. Clotilde était une de ces blondes maigres et pâles, tout près d'être fades et anguleuses. Les mots de «délicatesse» et de «souplesse» venaient à l'esprit devant les ondulations de ses cheveux cendrés où tremblait une couronne de feuillage léger avec quelques diamants placés là, sans monture visible, en gouttes de rosée. Comment deviner la sécheresse du corps dans une de ces robes en dentelle blanche, toutes scintillantes de paillettes, toutes ruisselantes de pampilles, qui transforment sans cesse les lignes du buste et des hanches au lieu de les dessiner par le mouvement? Le doux éclat de ses belles perles brillait sous l'écharpe qu'elle ramenait sur ses épaules. Ainsi habillée, avec sa grâce et sa sveltesse, elle paraissait d'une autre essence que la créature de chair et de sang qui s'éventait à côté d'elle. L'ancien amant de cette idéale beauté, le mari récent de cette lourde provinciale étaitil blessé par ce contraste au plus vif de sa vanité masculine? Ou bien subissaitil un renouveau irrésistible de trop voluptueux souvenirs, encore avivé par la froideur de son mariage?... Toujours estil qu'à un instant de cette soirée les sensations, dont son visage tourmenté portait la trace, lui devinrent physiquement insupportables. D'autres personnes étaient venues dans la loge, quatre hommes à qui Mme de Séricourt avait demandé de rester. Paluau en profita pour se retirer dans le petit salon aménagé près de la porte d'entrée. Il se laissa tomber sur le canapé, et tandis que la musique lui arrivait, sans qu'il vît la salle ni les chanteurs, il s'abîma dans une rêverie qui devait être bien profonde, car il ne s'aperçut pas que les habits noirs s'écartaient pour céder la place, à qui? à la comtesse ellemême, qui disait: «Il y a vraiment trop peu d'air dans cette salle...» Et l'interpellant: «Je ne vous dérange pas, Maurice?» ditelle à Paluau. Et elle s'assit sur le canapé à côté de lui, tandis que les autres visiteurs, qui tous connaissaient sa liaison d'autrefois avec le jeune homme et qui tous croyaient à un recommencement de cette vieille histoire, se pressaient en écran protecteur entre l'épouse légitime restée sur le devant de la loge et l'ancienne maîtresse. Cette audacieuse trouvait les dix minutes de têteàtête qu'elle avait voulues. Elle n'était pas femme à en perdre deux secondes!

«Je ne vous ferai pas gronder, au moins?» ditelle en s'allongeant dans une pose qui découvrit la pointe de ses pieds fins; et, avec un discret sourire qui creusait une fossette sur le coin de sa joue rieuse, à droite, elle ajouta: «C'est qu'elle est charmante, votre femme, et qu'elle a l'air de vous aimer passionnément.»

«Pourquoi me parlezvous d'elle?» répondit Paluau, d'une voix sourde. Il la regardait en l'interrogeant. Elle put lire dans ses yeux une émotion qui n'était guère d'accord avec le contrat de bonne amitiésans autre nuancepassé entre eux, dix mois auparavant. On était en mai , et ils s'étaient quittés en juillet . Mais la façon dont ses yeux à elle, d'un bleu si doux à cette minute, se portèrent sur les yeux bruns du jeune homme, le souffle plus court dont sa poitrine était soulevée, ce «Maurice» prononcé presque tout bas, comme avec crainte, cette interrogation sur le mécontentement possible de Mme de Paluau, étaientce là des attitudes conformes, elles aussi, à ce programme? Elle l'avait laissé partir quand il était libre. Maintenant qu'il ne l'était plus, pourquoi venaitelle le tenter avec sa beauté? Luimême, il l'avait quittée, alors qu'il n'avait aucun devoir. Pourquoi oubliaitil ses actuels devoirs au point de continuer, après cette première interrogation, déjà si peu sage: «J'ai trop souffert ce soir, Clotilde... Je sais que je n'ai plus le droit de vous parler, comme je vous parle. Je sais que c'est fou, que c'est criminel; mais ce que je viens de sentir tout à l'heure a été trop fort, trop douloureux aussi...» Il avait prononcé ces mots en pensant tout haut. Il ne saisit la signification véritable de ses paroles qu'après les avoir émises, et il s'arrêta, tandis que Mme de Séricourt s'éventait d'une main où il crut voir passer un tremblement, et, comme il se taisait, elle lui demanda, presque dans un soupir, tant son accent se fit bas pour lui poser cette question:

«Mais qu'avezvous senti?...»

«Que je vous aimais toujours,» réponditil.

Il y eut un nouveau silence entre eux, durant lequel arriva jusqu'au fond de la loge la phrase de la mélodie: la Walkyrie est ta conquête. L'ancienne maîtresse avait penché la tête comme si ce qu'elle venait d'entendre la touchait à une place trop sensible de son être. Tout d'un coup elle regarda Paluau fixement et elle dit plus bas encore:

«Et moi aussi, je vous aime toujours...»

«Vous?» balbutiatil.

«Oui, moi,» répétaelle; puis comme se reprenant ellemême et plus haut: «Je vous en ai trop dit...» fitelle, «laissezmoi. Retournez, retournez là,» et elle désigna d'un mouvement de ses yeux le devant de la loge et la place où se trouvait Mme de Paluau.

«Non,» réponditil en lui saisissant la main, au risque de la perdre et de se perdre, «pas avant que vous ne m'aycz promis que je vous reverrai, que nous pourrons parler vraiment, nous expliquer.Je veux vous revoir, je le veux.»

«Non,» ditelle, «c'est fou»; elle reprit: «C'est fou!»Puis, comme si une force supérieure à sa volonté lui arrachait un consentement: «Hé bien! venez demain chez moi, à trois heures; j'aurai condamné ma porte pour tout le monde, excepté pour vous.Mais laissezmoi maintenant, laissezmoi,» et employant la même formule que lui tout à l'heure: «Je le veux.»

Lorsque Paluau se retrouva tout seul avec sa femme, une demiheure après cette conversation, dans le coupé qui les ramenait, la fièvre de ce dialogue, si court, mais si chargé, pour lui, de souvenirs et d'espérances, de regrets et de désirs, le brûlait encore. A cette impression d'enivrement se joignait, pour l'augmenter, celle de la soudaineté de cet éclat. Une telle explosion de sentiments, et si violents, devait le laisser comme déconcerté, d'autant plus qu'elle était aussi imprévue qu'instantanée. Le trait principal du caractère de cet homme était une contradiction intime et radicale entre la vie qu'il avait menée et sa nature. Les grandes lignes assez nobles de son visage devaient à cette anomalie une physionomie tantôt exaltée et tantôt souffrante qui lui donnait un air de héros de roman, au lieu qu'il était tout simplement le descendant très représentatif d'une longue lignée de seigneurs terriens, un homme destiné par tout son tempérament à cette existence de château, à la fois primitive et conventionnelle, large et monotone, occupée et paresseuse. Le hasard avait voulu que, privé de son père tout jeune et maître de sa fortune, il vînt à Paris, où sa sœur était mariée. Il s'y était laissé prendre, comme beaucoup de ruraux, par cet attrait du mouvement qui leur fait paraître morne et insipide la régularité de la campagne. Très bien apparenté, très riche, avec une belle tournure et une naturelle élégance de manières, il était entré aussitôt dans ce courant de la haute vie, qui emporte vers la passion et ses orages tant de destinées faites pour la famille et l'habitude. Il avait eu plusieurs aventures. Sa liaison avec Mme de Séricourt avait été la plus flatteuse et la dernière. Pourtant l'arrièrefonds de l'hérédité était si fort chez lui qu'il n'était pas devenu un Parisien. Il n'en avait acquis ni les qualités d'aisance et de légèreté, ni la sécheresse positive. De même qu'il restait timideparce qu'il se savait malgré tout un peu provincial,avec un air facilement altier, il était resté sensible et sincèrement épris de droiture, de rectitude et de loyauté, dans des situations aussi fausses que celle qu'il avait occupée trois ans chez les Séricourt. Cela devait faire et faisait une âme obscure et trouble sous des dehors de calme et très incohérente sous des apparences de force. Pour de tels hommes, le mariage, qui semble une sagesse, est en réalité une très dangereuse épreuve. Leur complication déroute la confiance. Ils intimident leur femme par leur manque de transparence morale; et ils risquent d'arrêter à jamais chez elle l'élan spontané et l'expansion. Le silence appelle le silence, comme la vérité appelle la vérité, et le silence produit naturellement le malentendu. Déjà, sans qu'il en eût reconnu la cause dans son propre caractère, Paluau sentait que sa femme ne lui était pas complètement intelligible. Il n'y avait jamais eu de scènes entre eux, et ils ne vivaient pas cœur contre cœur. L'ayant épousée sans entraînement, moins encore par raison que sous l'influence de sa mère, il n'avait pas su voir que Cécile, elle, l'aimait profondément, passionnément, et qu'elle n'osait ni ne savait le lui dire. Il ne voyait pas non plus que, depuis les huit semaines qu'ils étaient à Paris,campés dans son ancien appartement de garçon et en train de préparer leur installation définitive,la mélancolie de la jeune femme s'accroissait chaque jour. Il n'est que juste d'y insister: avant cette foudroyante surprise d'émotion qui l'avait, ce soir, fait parler à Mme de Séricourt comme il lui avait parlé, il n'avait jamais manqué ni en actes ni en discours à ce pacte d'honneur que le mariage représente toujours à un homme élevé dans certains principes. Ce soir marquait donc pour lui une date ineffaçable, celle du premier parjure: le rendezvous demandé à son ancienne maîtresse, et accordé par elle, dans ces termes, avec ce regard, c'était l'infidélité, certaine, toute proche, déjà commise, et le mari coupable en éprouvait le remords dans cette voiture où son bras frôlait le bras de sa femme; où il la sentait respirer, bouger, vivre. Ces sensations contradictoires se mélangeaient dans le plus violent tumulte intérieur. Ce brusque et irrésistible désir pour son ancienne maîtresse, la stupeur de l'éprouver si intensément et de l'avoir avoué si brutalement, l'appréhension du chemin où il venait de s'engager et son incapacité, il le sentait d'avance, à s'en retirer, quels événements et qui faisaient courir dans ses veines le frisson de trop d'émotions passées! Il allait revivre, il revivait déjà toute son existence parisienne, dont il avait eu la nostalgie à son insu après en avoir eu la lassitude. En même temps, il ne pouvait se défendre d'une véritable honte à se constater si déloyal et visàvis de qui? De cette enfant de vingt ans qui portait son nom, à laquelle il n'avait pas un reproche à faire, dont il avait pris la vie,et il allait la trahir, il l'avait trahie!... Tant de mouvements du cœur et de si passionnés le contraignaient de se taire. Comme s'il eût craint que même ses yeux dénonçassent ses pensées, il regardait machinalement, à travers la portière, les maisons closes profiler leurs façades muettes sous le reflet des becs de gaz, les passants attardés en train de se hâter sur le trottoir, d'autres voitures venir en sens inverse. Il n'observait pas que sa compagne, après avoir essayé de lui poser quelques questions auxquelles il n'avait répondu que par des monosyllabes, le regardait avec des prunelles dont il aurait eu peur. Il ne s'y lisait que la plus craintive, la plus passionnée des supplications, mais une supplication si angoissée, si douloureuse qu'elle supposait chez la jeune femme qui sentait ainsi la divination de son malheur,jusqu'où?...

Le coupé allait de la sorte, traversant au grand trot de son cheval ce vaste quartier de Paris qui sépare l'Opéra de l'extrémité de la rue SaintDominique, pas très loin de la place des Invalides, où habitaient momentanément les Paluau. L'absorption du jeune homme dans ses pensées avait été si entière qu'il éprouva presque le saisissement d'un somnambule réveillé par un choc, lorsqu'étant rentré dans l'antichambre et se préparant, comme il faisait d'habitude, à se retirer dans la pièce qu'il s'était réservée,son ancien cabinet de travail où on lui préparait chaque soir un lit, dissimulé le jour dans un canapé,sa femme lui dit, d'une voix qu'il ne lui connaissait pas:

«Maurice, j'ai à vous parler. Il faut absolument que je vous parle...»

Il fut bien obligé de lever les yeux sur elle, cette fois. Il vit qu'elle était pâle et tremblante. Il pensa qu'elle soupçonnait tout et il pâlit luimême. Il essaya pourtant de plaisanter.

«Il est tout près d'une heure,» réponditil; «il serait plus sage d'aller vous reposer. Nous aurons le temps de causer demain.»

«Non,» ditelle, «ce soir... Demain je ne serais pas sûre d'avoir encore la force... Je l'ai maintenant. Je viens d'avoir trop mal. Je vais renvoyer ma femme de chambre. Venez chez moi...»

Il y avait dans cette imploration, proférée à voix basse, pour que le valet de pied, debout près de la porte d'entrée, ne l'entendît pas, une telle ardeur; la physionomie de Cécile, d'ordinaire immobile et si aisément insignifiante, s'éclairait à cette seconde d'une telle flamme; une si impérieuse volonté émanait d'elle que l'ancien amant de Mme de Séricourt n'eut plus de doute. Elle ne soupçonnait pas. Elle savait. Il répondit:

«Je serai chez vous dans un instant.»

Il avait voulu s'accorder ce dernier répit pour se ressaisir et assurer son attitude dans une explication, qui, au demeurant, ne pouvait porter que sur son passé. Évidemment quelqu'un, ami ou parent, avait dénoncé à sa femme la liaison de ses dernières années de célibat. Une lettre anonyme avait dû être écrite. Cécile l'avait observé durant la soirée. Cet entretien en tête à tête dans le fond de la loge avait provoqué une crise de jalousie aiguë. Du coup tous ses instincts d'indépendance s'insurgèrent dans le jeune homme. Les cinq minutes qu'il passa dans sa chambre avant de se diriger vers celle de sa femme suffirent à changer l'équilibre si instable de son âme. S'il avait eu, tout à l'heure, dans la voiture, un secret remords à l'idée de la trahir, quand il la croyait si naïvement confiante, cette jalousie devinée chez elle avait endurci soudain son orgueil d'homme. Et puis,ces petites impressions animales sont si étrangement déterminantes durant ces scènes d'intimité conjugale,elle venait, dans cette antichambre, quand elle l'avait interpellé ainsi, de lui paraître de nouveau, comme pendant la soirée, si gauche et si lourde, si engoncée par sa robe trop riche, si peu plaisante malgré sa jeunesse. Le masque de sang que la chaleur du théâtre lui avait mis aux joues et sur le front s'empourprait encore de son émotion nouvelle... Enfin, lorsqu'il se présenta devant elle, comme il l'avait promis, la plus sèche irritation nerveuse le dominait. Il était décidé à ne supporter aucun reproche, dût cette première explication aboutir au départ de Cécile le lendemain. Le fantôme de sa délicieuse amie de l'autre année traversait de nouveau sa pensée et l'ensorcelait à distance. Il l'avait revue, en esprit, assise sur le divan de la loge, puis sur le canapé de damas rouge, à côté de lui. Contre de tels souvenirs que pouvaient les reproches qu'il lisait d'avance sur la bouche tremblante de l'épouse légitime, sinon lui donner cette horrible sensation de la chaîne qui paralyse tout chez l'homme, même la pitié?

Il la trouva, assise sur un fauteuil, les bras pendants, la tête abandonnée, et qui pleurait. Elle lui fit signe de la main qu'il attendît, qu'elle allait lui parler, qu'elle ne pouvait pas en ce moment. Puis, quand elle se reprit enfin, sa première phrase fut si différente de ce que prévoyait le mari déjà plus d'à moitié perfide, qu'il en demeura immobile d'étonnement:

«Je vous demande pardon, Maurice,» ditelle. «Je viens de vous inquiéter, ce sont mes nerfs qui m'ont trahie... Je serai plus forte, une autre fois... C'est ma faute, si les choses sont comme elles sont, je le sais. Je sais qu'en me conduisant comme j'ai fait je ne peux que les rendre pires... Mais il y a des moments où je suis trop misérable...»

«Vous me parlez par énigmes,» réponditil. «Quelles sont ces choses dont vous vous plaignez? Quels sont ces moments où vous êtes si misérable, et pourquoi?»

«Pourquoi?...» repritelle d'un accent accablé. «Tout à l'heure je voulais vous le dire. Je m'en croyais la force. Je ne l'ai plus, et à quoi bon?»

«Mais c'est moi qui veux que vous vous expliquiez maintenant,» insistatil. «J'ai le droit de savoir les raisons de l'état où je vous ai vue...» Et après une hésitation: «Avezvous quelque reproche à me faire?»

«A vous?...» réponditelle, et secouant sa tête plus douloureusement: «A vous? Non. Je vous le répète, la faute est à moi.»

«Quelle faute?» demandatil de nouveau, et d'un accent d'impatience: «Mais parlez, parlez...»

«Ah!» fitelle, «ne soyez pas dur pour moi... Hé bien! puisque vous l'exigez,» et sa voix tremblait, «je parlerai... Ce que je voulais vous dire, c'est que vous ne devriez pas, vous, me laisser comme vous me laissez, sans conseil, sans appui... J'ai toujours su, quand je vous ai épousé, que je n'étais qu'une simple, et que j'aurais beaucoup de peine pour devenir pareille aux femmes de la société où vous avez vécu jusqu'ici... Mais je vous aimais!... J'ai pensé que j'apprendrais, que j'arriverais... Si vous m'aviez un peu aidée?... Si j'avais pu vous demander?... Mais vous m'intimidez tant!... tant!... Pour que j'ose m'ouvrir à vous, comme je fais, il faut que j'aie peur de vous déplaire davantage encore en me taisant... C'est là toute ma misère, je vous l'ai dite: de ne pas savoir me faire aimer... Surtout depuis que nous sommes à Paris, je le sens, vous avez honte de moi,» et, se cachant le visage dans les mains comme si réellement elle avait ellemême la conscience d'un opprobre mérité, elle redit, avec un grand sanglot: «honte de moi!...»

Il y avait, dans cette confession de la plus dure épreuve que puisse subir une jeune femme au début de son mariage, une telle humilité; cette plainte, qui ne récriminait pas, qui ne se rebellait pas, qui gémissait seulement, correspondait si peu à l'attente de

Maurice; elle aggravait tellement sa faute de la soirée en lui prouvant combien celle qu'il trahissait était sans défense!... Il en demeura un instant décontenancé, ému malgré lui par une si évidente sincérité, saisi plus encore par la surprise devant l'être qui se révélait soudain. C'était comme si une autre créature se dégageait devant lui, de la Cécile qu'il connaissait. Une pâleur avait envahi son visage tandis qu'elle parlait. L'audace de son discours faisait refluer tout son sang à son cœur. La tension nerveuse l'avait redressée. La lourde toilette, si engoncée tout à l'heure, ne l'écrasait plus, tant elle était palpitante d'émotion, la gorge soulevée, la taille frémissante. Enfin, elle vivait par toutes ses fibres, et cette intensité de vibration intérieure l'animait, la transfigurait. Si Paluau eût été capable d'analyser froidement ces deux scènes si voisines: celle qu'il avait eue à l'Opéra avec Mme de Séricourt et celle qu'il soutenait à présent, il aurait compris et mesuré quelle différence sépare une femme vraie et une femme coquette, la créature qui aime parce qu'elle aime et celle qui joue la comédie du sentiment pour se faire aimer... Mais, à cette minute, il ne raisonnait pas. Il avait pitié de Cécile, tout simplement, et, pour la calmer, il lui disait:

«Moi, avoir honte de vous!... Voyons? Quand un mari a honte de sa femme, estce qu'il la présente partout comme je vous ai présentée?... Estce qu'il se montre avec elle comme je me montre avec vous?... Si j'avais honte de vous, comme vous dites, vous auraisje conduite à l'Opéra, ce soir, comme je vous y ai conduite?»

«Oh! ce soir!...» interrompitelle en lui prenant le bras qu'elle serra convulsivement. «Ce soir!... Ne me parlez pas de ce soir!... Ç'a été le plus dur de tous... N'essayez pas de me mentir. Je sais, vous êtes bon... Vous ne voulez pas vous avouer que vous rougissez de celle à qui vous avez donné votre nom... Mais si vous vous étiez vu pendant le spectacle, et votre regard quand il se posait sur moi!... Je vous voyais me comparer à Mme de Séricourt. Elle était si jolie, et si élégante, si grande dame! Je comprenais si bien qu'à côté d'elle j'étais si gauche, si empruntée!... Et pourtant, si vous saviez ce que j'avais fait pour vous plaire ce soir! J'avais remarqué que vous admiriez cette femme. Quand il s'agit de goût, c'est toujours le sien que vous citez... Lorsque j'ai su que nous allions à l'Opéra avec elle, l'autre semaine, j'ai fait appel à tout ce que j'ai de courage... Je suis allée chez elle... Je lui ai parlé... Ne m'en veuillez pas! Je ne me suis pas plainte de vous. Je n'en ai pas le droit. Je mourrais, plutôt que de vous manquer ainsi... Mais vous ne pouvez pas trouver que je n'avais pas le droit de la prier de m'aider un peu, de me conseiller...»

«Et vous avez fait cette démarche auprès d'elle?...» interrogeatil, d'une voix si étrange qu'elle en eut peur.

«Comme vous me posez cette question!... Ah! vous voyez bien que j'ai eu tort de vous parler; que je vous déplais toujours, toujours, dans ce que je fais, dans ce que je dis, comme dans ce que je porte... Toujours! Toujours!...»

«Et que vous a répondu Mme de Séricourt?» interrogeatil, sans paraître prendre garde à cette exclamation.

«Elle a été si bonne,» dit Cécile; «elle m'a promis de m'aider... Elle m'a aidée.»

«Elle vous a aidée?...» demanda de nouveau Maurice. «Alors, cette toilette que vous portez ce soir...»

«C'est elle qui me l'a choisie...» reprit la jeune femme. «Oui, c'est elle qui m'a conduite chez le couturier; elle qui a décidé ma robe, ma coiffure, mes bijoux... Et voyez comme tout est contre moi... Quand nous avons été sur le devant de la loge, j'ai senti qu'elle, qui a tant de goût pour ellemême, s'était trompée pour moi... Mais qu'y atil? Que se passetil?...»

Il se passait qu'en l'écoutant raconter, avec cet accent découragé et passionné, sa touchante démarche et l'infâme manière dont l'autre en avait abusé, une révulsion violente et subite de son cœur avait bouleversé Paluau. Une grille posée sur une écriture secrète en éclaire soudain tout le sens. Certaines révélations sont cette grille. Paluau comprenait que son ancienne maîtresse s'était complu à savamment organiser, ce soir, cet écrasant contraste entre elle et Cécile: l'épouse légitime, et qui ne se savait pas trahie, s'était mise à la merci de sa rivale, et celleci en avait profité pour exercer sur elle, hypocritement et méchamment, la plus mesquine des vengeances: mais poussée par quoi?... Elle n'avait pas su aimer Maurice autrefois, puisqu'elle l'avait laissé partir. Le retrouvant marié, et constatant, elle était si fine et Cécile avait été si naïve, que son ménage roulait déjà sur la route des malentendus, elle avait voulu mettre entre la femme et le mari quelque chose d'irréparable. Elle l'avait repris, quitte à le renvoyer de nouveau, plus tard, à un foyer pour toujours renversé... Pourquoi encore? La haine des femmes qui ne sentent pas pour celles qui sentent vraiment expliquait tout. De là sa scélératesse dans l'invention d'un procédé très misérablehélas! il avait trop bien réussi!... De là les mots qu'elle avait prononcés dans l'arrièrefond de la loge,et son complice de jadis y avait cru!... Et voici que la lumière se faisait en lui, éclatante, par une nouvelle comparaison que la subtile Clotilde n'avait pas su prévoir. Cette visite de la femme sincère chez la femme coquette, sublime de bonne foi, ne permettait pas le doute, et Maurice était révolté d'une si hideuse ruse? Attendri jusqu'au plus intime de son âme par cette confidence de la femme amoureuse, sa femme, il sentit les larmes lui venir. Il la prit entre ses bras et il la serra contre son cœur avec passion, tandis qu'abandonnant sa tête sur l'épaule de son mari et perdue de ravissement, elle gémissait:

«Ah! tu me pardonnes! Ah! que je t'aime, et que tu es bon de me laisser te le dire!»

«Te pardonner?» répondaitil, et il répéta: «C'est toi qui me demandes de te pardonner!...»

Jamais Mme de Séricourt ne comprendra pourquoi cet homme qu'elle a laissé si visiblement fou de passion à l'Opéra n'est pas venu au rendezvous qu'il lui avait luimême demandé, ni par quel point de son caractère,elle le sait si faible!il a trouvé la force de quitter Paris sans l'avoir revue. C'est le seul de ses anciens amants, car la féline et souple personne a sa liste, dont elle parle avec un peu d'aigreur,quand elle en parle. Et encore, car elle a du goût, même dans la rancune, ditelle simplement: «Ce pauvre Paluau! Il était bien agréable, mais quand on a épousé une telle sotte!...»

Mai .

## I

Il y avait bien longtemps que Mme Le Hélin n'avait point paru aussi jolie à Pierre Guchery que ce jourlà. Pour une minute, la femme qu'il avait tant aiméeplus d'un quart de siècle auparavant,sa chère Albertine, à la taille souple et fine, aux beaux cheveux châtains avec des reflets fauves, au sourire clair, aux fraîches prunelles brunes sur un teint de lait, l'adorable maîtresse de sa trentième année, reparaissait dans la vieille dame à la taille lourde, aux joues couperosées, aux paupières flétries, aux cheveux grisonnants, qu'il avait pris l'habitude, luimême quasi sexagénaire, de venir voir chaque aprèsmidi. C'était, entre eux, une de ces liaisons du monde, presque officielles, tant elles ont duré. Elles gardent du moins, parmi les misères que de tels rapports imposent, cette deminoblesse de la fidélité. L'histoire de ces amants tenait en quelques lignes: Guchery s'était pris pour Mme Le Hélin d'une passion folle, au lendemain de la guerre, et, à cette passion, il avait tout sacrifié. Comme elle vivait à Paris, et pour ne plus jamais la quitter, il avait donné sa démission de l'armée, où l'attendait un bel avenir. Comme elle était mariée, il avait renoncé à se construire un foyer à lui. Comme elle était mère, et qu'elle n'avait pas voulu lui sacrifier son fils, il avait accepté la plus humiliante des situations, au foyer d'un autre... Avec le temps, cette passion s'était transformée en un attachement indéfinissable, mêlé de souvenirs et de regrets, de reconnaissance pour les bonheurs qu'elle lui avait donnés autrefois, et de pitié pour les irréparables atteintes dont il la voyait frappée par l'âge. L'habitude avait aussi sa part dans ce sentiment.A soixante ans on a tant vu mourir, et l'on tient par des fibres si fortes à ce qui reste!Tout cela faisait bien encore une espèce d'amour. La preuve en était dans l'émotion qui agitait cet homme, si voisin de la vieillesse, quand, à des instants, de plus en plus rares, hélas! ce visage dont il connaissait chaque ride lui montrait un reflet de sa grâce d'antan. Mais, à cette visiteci, ce n'était même plus un reflet, c'était cette grâce ellemême que le fidèle amoureux de Mme de Hélin venait de retrouver, dès son entrée dans le petit salon bleu où elle se tenait presque toujours. Qu'il y était venu de fois, depuis ces vingtsept ans! Qu'il s'y était assis de fois, près d'elle, dans la bergère Louis XV, à gauche de la fenêtre! Ce cadre d'objets familiers n'avait guère changé depuis qu'il fréquentait l'hôtel Le Hélin, et la dame du petit salon bleu semblait, elle aussi, en ce moment, avoir à peine changé, tant ses yeux brillaient, tant le plaisir éclairait, transfigurait toute sa physionomie. Le velours violet de sa robe de demideuil,elle était veuve depuis quinze mois,relevé par quelques bijoux: une chaîne et une broche de diamants, un bracelet avec des perles,la rajeunissait aussi, en l'allongeant, en l'amincissant. Pierre ne put s'empêcher de lui dire, après avoir mis un baiser, plus long que d'habitude, sur sa petite main restée si fine et dont toutes les bagues lui rappelaient des anniversaires communs:

«Vous êtes tout à fait en beauté aujourd'hui, ma chère Albertine... Par ce jour noir de décembre»on était à l'avantveille de Noël«vous regarder, c'est retrouver le soleil... Vous avez l'air si contente, si joyeuse même!... Que se passetil?...»

«Il ne se passe rien,» réponditelle, «sinon ce qui s'est toujours passé depuis que je vous connais: je vous aime, tout simplement... J'ai trouvé mon cadeau de Noël pour vous,» ajoutatelle avec un sourire fin, «et je crois qu'il vous fera plaisir... Voilà pourquoi je suis contente...»


«Faudratil attendre et mettre mon soulier au coin de la cheminée, comme un petit garçon bien sage, pour savoir quel est ce cadeau?» répliquatil, sur le même ton de badinage tendre.

«Comment?» fitelle, «vous ne devinez pas?...» Elle le vit soudain pâlir, et elle comprit qu'il comprenait: «Oui,» continuatelle, «vous vous rappelez qu'au lendemain du jour où je me suis trouvée libre, vous m'avez promis de me laisser fixer moimême le moment de notre mariage. Hé bien, mon ami, votre Albertine sera Mme Guchery, quand vous voudrez, à partir d'aujourd'hui... Mais qu'avezvous?...»

«J'ai,» ditil, «que j'ai trop désiré cette heure. Elle me fait du mal à force de me faire du bien... Et puis c'est si tard! J'aurais tant voulu vous donner mon nom, quand nous avions l'avenir devant nous, quand...» et son soupir révélait l'âcre nostalgie dont il avait été tourmenté dans la possession de cette femme, qui le regardait avec des yeux noyés de larmes, tant elle le sentait l'aimer. «Mais laissons ces regrets,» poursuivitil d'une voix qu'il voulait rendre gaie, «il n'est jamais trop tard pour vivre avec la femme que l'on aime, avec la seule que l'on ait aimée... Ah!» et son accent se fit de nouveau ému, malgré lui, «que nous allons vieillir heureux!» et, mettant un genou en terre, il attira vers lui la tête de sa vieille amie, et sur ses paupières que l'attendrissement rendait humides il appuya une caresse dont elle se dégagea en lui disant:

«Mon pauvre Pierre, vous retardez de bien des années!... Regardezmoi donc. Vous oubliez que ce n'est pas un mariage d'amour que vous allez faire... C'est un mariage de raison, et il faut parler raison... Je suis deux fois grand'mère, pensezy...»

«Vous le voulez...» réponditil, «parlons raison.» Puis, comme si l'allusion qu'elle avait faite à ses petitsenfants lui rappelait à luimême qu'à côté de son existence cachée d'amie, elle avait toute une existence de famille: «Avezvous parlé de votre projet à votre fils?» demandatil.

«Pas encore,» réponditelle, «j'ai voulu que vous fussiez le premier averti. C'est bien naturel. Mais je vais chez Henri demain. Il a un arbre de Noël pour les deux petits et leurs amis et leurs amies. Je lui apprendrai la grande nouvelle, ainsi qu'à ma bellefille...»

«Et vous n'avez pas cherché à le sonder déjà, pour savoir ce qu'il en pensera?» demanda Guchery.

«Ce qu'il en pensera?» répétatelle. «Il aura peutêtre un petit moment d'émotion, c'est trop naturel encore. Il aimait tant son père!... Mais il vous adore... Quant à ma bellefille,» ajoutatelle en riant, «si elle ne donnait pas son consentement, elle serait trop ingrate. Car c'est vous qui avez fait leur mariage, et elle ne l'a pas oublié... Tâchez seulement que je ne sois pas jalouse d'elle, quand elle sera devenue votre bellefille à vous...»

«Et vous ne craignez pas qu'Henry ne se demande...»

«Quoi?» insistatelle, comme il hésitait.

«Mais si ce mariage ne cache pas un mystère, si... Enfin, n'avezvous pas peur qu'en me voyant vous épouser il ne devine la vérité, et que nos relations n'ont pas été ce qu'il a pu croire?...»

«Lui!» s'écria la mère, «quelle idée! Si jamais une pareille pensée avait traversé son cerveau, estce qu'il serait avec vous comme il est? Non. Je connais mon fils, c'est le cœur le plus simple, le plus confiant! Ah! mon ami, vous savez que c'est à lui que je vous ai sacrifié... Sans lui, je ne serais pas restée la femme d'un autre, vous aimant comme je vous aimais. Mais j'en ai été récompensée. Il n'a jamais douté de moi. C'est vrai que j'en aurais cruellement souffert, même dans le bonheur. Cette épreuve m'a été épargnée... Elle me sera épargnée jusqu'au bout,» continuatelle. «Je n'ai pas été comme tant d'autres. J'ai été une femme mal mariée, qui a eu dans sa vie un seul sentiment. Je ne me suis jamais considérée comme votre maîtresse, mais comme votre épouse secrète. Ce n'est pas au moment où tout ce qu'il pouvait y avoir de coupable dans ce sentiment est fini, où je vais pouvoir l'avouer, que Dieu me frapperait, n'estce pas?... Je n'ai jamais eu que mon fils et vous dans le cœur,vous, mystérieusement. Je vous y aurai ouvertement tous deux, et vous verrez comme il en sera heureux... Je vous répète qu'il vous aime tant!...»

A ces affirmations de la mère, si répétées, si appuyées qu'elles révélaient, malgré tout, une certaine angoisse,celle du doute et aussi celle du remords,Guchery n'avait plus rien répondu. L'ancien officier était, avec des allures volontiers martiales, et malgré la longue moustache autrefois blonde, maintenant blanche, qui sabrait son maigre et osseux visage, un homme profondément, presque morbidement sensible. Les amoureux qui, comme lui, rencontrent vers le milieu de leur vie, à l'époque qui convient le mieux à la vraie fondation d'une famille, une aventure avec une femme mariée et dans le monde, se divisent presque immanquablement en deux groupes. Ou bien les habitudes que représente une liaison de cet ordre les annihilent absolument, ou bien elles les affinent jusqu'à la maladie. Ne plus nourrir aucun intérêt sérieux d'ambition et de carrière, aller le matin au Bois pour revoir votre amie au passage, faire des visites l'aprèsmidi dans les maisons où elle fréquente, dîner en ville et finir la soirée au théâtre pour la rencontrer, ne plus causer que des intrigues semblables à la vôtre qui se nouent et se dénouent autour de vous, ne plus ouvrir un véritable livre, mais seulement le mauvais roman dont elle parle, et ainsi du reste,cette existence de sigisbée professionnel, menée pendant des saisons, vulgarise encore les natures vulgaires. Les natures délicates, comme était Guchery, s'y sensibilisent à l'excès. Cette atmosphère trop féminine anémie en eux toute force de résistance à l'impression. C'est ainsi que l'amant d'Albertine n'avait jamais pu, du vivant de M. Le Hélin, se blaser sur le malaise que lui infligeait la présence de cet homme entre sa maîtresse et lui. Que soupçonnait ce personnage aux manières toujours courtoises, aux yeux toujours froids? Pierre avait passé des années à se le demander, sans en rien savoir. Jules Le Hélin était un de ces maris qui affectent de traiter leur femme, en public et dans l'intimité, avec une déférence si cérémonieuse qu'il est impossible, à ceux mêmes qui hantent leur maison le plus familièrement, de deviner la vraie situation morale de leur ménage. Qu'avec son nom de vieille bourgeoisie il eût épousé pour sa fortune Albertine, laquelle s'appelait simplement Mazurier, des Mazurier enrichis dans les papiers peints, c'était bien évident. Qu'il ne l'aimât point, ses fréquentations dans le demimonde, aussitôt après la naissance de leur fils, l'avaient trop prouvé. L'indulgence des salons avait d'ailleurs accordé cette excuse à la jeune femme quand Guchery avait commencé de se trouver chez elle à toute heure. Mais l'opinion de l'intéressé luimême sur ces assiduités, personne ne l'avait jamais connue. Pierre pas plus que les autres, avec cette différence que ces autres s'en étaient soucié juste le temps d'échanger une réflexion malicieuse, au fumoir, entre deux cigares, au lieu qu'il avait vécu, lui, dans l'attente quotidienne d'une solution tragique. Il y était préparé pour luimême, mais pour son Albertine!... Cette solution tragique n'avait pas eu lieu. Le mari était mort, sans avoir livré le secret de sa longanimité, laquelle avait peutêtre tenu tout bonnement, comme tant d'apparentes indifférences de ce genre, à l'existence du fils. Peutêtre aussi Le Hélin étaitil un de ces philosophes pratiques comme il s'en rencontre même parmi les hommes de cercle et de sport, que la paresse et l'indifférence, la peur quelquefois et quelquefois l'intérêt, ont rendus débonnaires, et ils laissent le soin de leurs vengeances à la vie,sûrs que tôt ou tard elle se chargera de réclamer la rançon qu'ils n'ont pas exigée pour leur propre compte.

 Si le mari trompé avait calculé ainsi, il semblait bien,on l'a vu par la conversation entre les deux complices,que ce calcul était déçu. Cette rançon de la vie se bornait à ceci: l'imagination volontiers inquiète de Guchery substituait depuis quelques années, à la question qu'il s'était posée si longtemps sur le mort, une question sur le fils de ce mort; sur cet Henry qu'il avait vu grandir, et qu'il aimait, par une anomalie fréquente, presqu'autant que s'il eût été son fils à lui. Oui, que pensait le jeune homme des rapports entre sa mère et l'ami le plus intime de la maison? Ce point d'interrogation avait surgi devant Guchery, à peu près vers la date où Henry Le Hélin avait eu ses dixhuit ans,pourquoi? L'amant n'aurait pu le dire. Il lui avait semblé un jour qu'il rencontrait dans ces prunelles de jeune homme, jusquelà si claires, si confiantes, si tendres, une brisure, comme un arrièrefonds de soupçon. Cette impression avait duré un certain temps, mais sans qu'il pût décider si elle n'était pas chimérique. Rien n'était changé dans les manières du fils d'Albertine à son endroit, sinon qu'elles étaient plus affectueuses encore. C'était comme si ce garçon eût eu quelque chose à se faire pardonner. Puis cette nuance s'était effacée de son regard. Il avait de nouveau eu, pour causer avec son vieil ami, ses yeux transparents d'autrefois. Quelques mois plus tard, et sans que rien expliquât cette seconde crise, la nuance de défiance avait reparu. Le fond du regard était redevenu soupçonneux et angoissé. Et de nouveau, le soupçon s'était en allé, pour reparaître un peu après, et ainsi de suite indéfiniment, toujours sans qu'aucun autre indice permît à celui qui s'en croyait l'objet de s'affirmer qu'il ne se trompait pas. Cependant le jeune homme s'était marié, et beaucoup par l'entremise de Guchery. La jeune Mme Le Hélin gardait, à celuici, comme l'avait dit sa bellemère, une reconnaissance attendrie. Étaitelle persuadée de l'innocence absolue des rapports entre cette bellemère et le négociateur de son mariage, et avaitelle fait partager cette conviction à son mari? Toujours estil que depuis les cinq ans que cette union avait eu lieu, à peine si, à deux ou trois reprises, Guchery avait cru discerner dans les prunelles d'Henry un vague passage de l'ancienne méfiance. Pourtant son impression de cette méfiance avait été si forte qu'il n'avait jamais cessé d'en appréhender le retour. Il n'avait jamais cessé non plus de dissimuler cette crainte à sa vieille maîtresse. La certitude toute prochaine du mariage avec elle, de ce mariage, si longtemps, si vainement désiré, avait seule pu, en lui ouvrant tout d'un coup le cœur, lui arracher ce secret. Il avait frémi d'en trouver, d'en pressentir un bien pareil dans les phrases de protestation qu'Albertine lui avait prodiguées pour le rassurer, et il n'avait pas osé insister.

«Elle aussi, elle a vu qu'il avait des doutes,» se disaitil, aussitôt franchi le seuil de l'hôtel Le Hélin. «Si ces doutes se réveillaient à la nouvelle de ce mariage?... S'ils prenaient corps?... Si Henry voyait là une preuve de ce qui a été?... Si cette idée pesait sur nos relations ensuite?... S'il n'était plus jamais, ni pour sa mère, ni pour moi, ce qu'il a été, ce qu'il est encore?... Si sa femme changeait aussi?...» Ces hypothèses furent si pénibles à Guchery qu'il se surprit s'acheminant, de la rue de Miromesnil où Mme Le Hélin demeurait, dans la direction de l'avenue du BoisdeBoulogne où habitait le jeune ménage. Ce n'était pas à lui d'annoncer aux enfants d'Albertine la résolution qu'elle avait arrêtée. Dans quelle intention allaitil donc chez eux? Il n'aurait pas su le dire. Mais ce qu'il savait, c'est qu'il lui était insupportable de laisser son amie parler à Henry sans qu'il se fût, lui, rendu compte... et de quoi? Par quels procédés arriveraitil à lire dans l'âme du jeune homme et à s'assurer qu'aucune plaie n'y saignerait demain, quand la mère parlerait? Il ne réalisa vraiment l'extravagance de sa démarche qu'au moment où le domestique lui ouvrit la porte de l'appartement des jeunes Le Hélin. Puis sur la réponse de cet homme que Monsieur n'était pas rentré, mais que Madame était là:

«Je suis sauvé,» songeatil, «avec Louise, je saurai quelque chose et sans risquer trop...»

## III

La jeune Mme Le Hélin était occupée dans le salon qui donnait sur l'avenue du Bois, à suspendre aux branches d'un énorme arbre de Noël toutes sortes de menus jouets:des poupées, des polichinelles, des cornets de bonbons, des boîtes de ménage. Elle avait près d'elle une corbeille de ces brimborions luxueux, et son joli visage où le rire creusait aux joues deux si gaies fossettes s'illumina de plaisir à l'entrée du visiteur.

«Tiens! Guchery!...» s'écriatelle. «Que c'est gentil à vous de venir me voir précisément aujourd'hui!... Je vais vous faire travailler, vous savez...»

«Volontiers,» réponditil, «à quoi puisje t'être bon?» Il avait été l'ami intime de l'aîné des Bréau, le père de Louise, et, l'ayant connue toute petite, il gardait l'habitude de la tutoyer, quand ils étaient seuls... Lorsqu'il y avait du monde, il lui disait «vous.» C'était une des gentilles querelles que lui faisait la jeune femme.

«A la bonne heure,» repritelle, «vous me parlez, comme il faut, aujourd'hui... Bon... Donnezmoi ces soldats de plomb. Et un numéro,là, dans cette coupe... Viendrezvous demain, tirer avec nous notre loterie de Noël? Je ne vous ai pas envoyé de rappel, parce que vous n'êtes qu'un vieux garçon, et que cela vous ennuierait sans doute de voir une trentaine de bébés, et autant de mamans... Mais si le cœur vous en disait quand même...»

«Alors,» lui ditil, en prenant texte de sa plaisanterie, et sur le même ton: «Vous me blâmez d'être resté célibataire?... Et par conséquent, vous m'approuveriez de cesser de l'être?...»

La surprise de cette phrase inattendue saisit la jeune femme à un degré que son interlocuteur n'avait pas prévu: ses jolis doigts tremblèrent en serrant le nœud de la faveur rose qui devait fixer à la branche la petite boîte qu'il lui avait tendue. L'enfantin sourire de tout à l'heure n'entrouvrait plus ses lèvres rouges, qui se fermèrent dans un pli soudain attentif. Un regard scrutateur passa dans ses yeux bleus, et elle demanda:

«C'est sérieux?... Et avec qui avezvous l'idée de vous marier?...»

«Vous me promettez le secret?» demandatil d'un accent grave, lui aussi, et, sur sa réponse affirmative: «envers tout le monde,» et il souligna ces mots.

«Envers tout le monde,» répliquatelle en soulignant ainsi sa réponse.

«Hé bien!» repritil, «que penseriezvous, si je venais vous dire que j'épouse votre bellemère?...»

Louise Le Hélin eut sur son front et autour de sa bouche une expression d'un saisissement plus vif encore. Elle regarda de nouveau Guchery avec des yeux d'une pénétration singulière, presque douloureuse. Puis, pour se donner une contenance, elle avisa dans la corbeille un autre joujou qu'elle commença de suspendre à une autre branche, sans répondre. Et, subitement, s'interrompant de son travail, elle posa l'objet sur une table, et, se retournant vers Guchery, elle lui dit, en le regardant bien en face et d'une voix profonde, à la fois impérative et suppliante:

«Non, mon ami, non, vous ne ferez pas cela...»

«Mais pourquoi?» réponditil.

«Pourquoi?... Mais parce que vous ne pouvez pas ne pas savoir ce que l'on a répété partout...». Elle hésita une seconde, puis résolue, comme quelqu'un qui accomplit un pénible devoir. «Ah! si c'était vrai, je ne vous en parlerais pas. Mais il faut que je vous en parle. J'en ai le droit, puisque je sais, oui, je sais que ce n'est pas vrai. Je sais que vous êtes un honnête homme et que vous n'auriez pas supporté, vous si fier, de vivre, comme je vois vivre tant de gens à Paris, que je méprise, dans un mensonge de chaque heure, de chaque minute... Je sais que vous ne vous seriez pas mêlé du mariage du fils de votre maîtresse... Car voilà ce que l'on a dit, que Mme Le Hélin était votre maîtresse... On n'a pas fait que le dire. On l'a écrit... Oui, mon ami, il s'est rencontré des personnes assez infâmes pour envoyer à Henry des lettres non signées, lui dénonçant sa mère, et vous nommant. Et pas une fois, entendezvous, mais plusieurs... La dernière de ces lettres est venue quelques jours après notre mariage. C'est presque heureux, et les méchants lui ont rendu service, sans le savoir, en saisissant ce moment pour le frapper. Cette lettre, il n'a pas pu me la cacher. De me parler a chassé du moins de son esprit tout soupçon. Pensez donc. Il avait beau croire en sa mère, croire en vous, les premières lettres l'avaient impressionné. C'était une obsession, m'atil dit, et dont il avait eu tant de mal à triompher! Mon pauvre cher Henry!... Depuis que je l'ai lue, cette abominable lettre, je n'ai eu qu'un souci constant, qu'il ne pense plus jamais rien sur sa mère et rien sur vous... Oh! Je n'ai pas eu beaucoup de peine. Ma bellemère est si charmante, vous êtes un si brave homme, Guchery, et Henry est si tendre!... Mais le vieux mot sur la calomnie, vous savez, est trop vrai. Il en reste toujours quelque chose... La preuve, c'est qu'il m'a dit, il n'y a pas deux mois,et s'il ne se rongeait pas de temps à autre, à mon insu, de pareilles idées ne lui viendraient même pas:«Je suis bien sûr maintenant que ces atroces lettres avaient menti...»«Tu en as donc jamais douté?» Lui aije demandé.«Non,» m'atil répondu, «mais enfin, maman est libre, et Guchery ne l'épouse pas. C'est une preuve, cela, et indiscutable...»«Et quand il l'épouserait,» lui aije dit, «où serait le mal?...»«Nulle part,» atil repris, «mais, tout de même, cela me fait bien plaisir qu'il ne l'épouse pas...»«Comprenezvous maintenant pourquoi j'ai été bouleversée quand vous m'avez annoncé ce projet de mariage, tout à l'heure?...Je vous en supplie, mon ami, avant d'y donner suite, pensez à ce que je viens de vous raconter... Et ne m'en veuillez pas d'avoir été si franche avec vous. Je n'ai pas su me retenir. Il y va de la paix de son cœur, et pour toujours... Je le sens. Je le sais...»

«Ah!» s'écria Guchery douloureusement, «j'avais bien deviné qu'il avait quelque chose, à plusieurs reprises... C'était donc cela... Mais qui a pu écrire ces lettres? Qui? Mais qui?...»

«Taisez vous,» interrompit la jeune femme en mettant son doigt sur ses lèvres: «j'entends ouvrir la porte. On vient... C'est lui... Je vais vous prouver que je n'exagère rien... Laissezmoi lui parler, et, quoi que je dise, ne me démentez pas. Seulement, regardezle...»

C'était, en effet, Henry Le Hélin qui entrait dans le salon. Louise avait déjà repris la petite boîte de soldats de plomb, abandonnée tout à l'heure, et elle paraissait absorbée dans son attention à la suspendre aux branches, tandis que Guchery, assis auprès d'elle sur une chaise, s'efforçait de dominer l'émotion dont le bouleversaient les paroles qu'il venait d'entendre. Le nouveau venu ne prit même pas garde à leur trouble. Il arrivait, portant dans ses bras d'autres paquets qu'il commença de déplier, après avoir serré la main affectueusement à son vieil ami, et il disait à sa femme:

«J'ai trouvé des jouets si amusants que je les ai achetés... Comme tu as bien fait de venir, mon bon Guchery! Louise ne voulait pas t'inviter.«Ce sera une corvée pour lui,»disaitelle,et moi je lui disais:«Je suis sûr qu'il s'amusera.»Ce n'est qu'une fête d'enfants, mais les enfants, c'est toute la vérité de la vie... avec l'amour,» ajoutatil, et il attira sa femme à lui, pour la baiser au front, puis, tendant la main à Guchery: «Et avec l'amitié...»

«La nôtre ne lui suffit pas cependant,» dit la jeune femme, en se dégageant de l'étreinte de son mari. «Imaginetoi qu'il est venu me parler, mais devine de quoi?... Tu n'y es pas?... D'un projet de mariage pour lui...»

«Il veut se marier?...» dit Henry et le même éclair de douloureuse méfiance que l'amant de la mère avait vu passer dans ses yeux, à diverses reprises, y alluma soudain son étrange lueur, et sa voix tremblait un peu pour demander: «Et avec qui?...»

«Il n'a pas voulu me la nommer», reprit vivement Louise, «d'autant plus, encore une fois, que ce n'est qu'un projet. Tout ce que je lui ai arraché, c'est qu'il s'agit d'une vieille fille, pardon, enfin d'une demoiselle qui n'est plus toute jeune, et par laquelle il prétend qu'il sera très bien soigné... Je lui ai dit:«Nous vous défendons de vous faire soigner par d'autres que par vos amis Le Hélin...» Et elle insista: «Suisje dans le vrai?...»

«Tu es dans le vrai», répondit Henry. Son visage exprima un tel soulagement que Guchery comprit combien tout était exact dans ce que lui avait dit la jeune femme, et, se forçant à sourire, comme un homme qui raille sa propre folie, il répéta, en s'adressant à elle:

«Oui, Louise, tu es dans le vrai...»

## IV

... Quelques heures après cette scène, deux personnes étaient assises, au coin du feu, dans le petit salon bleu de l'hôtel Le Hélin. Elles regardaient la flamme mourir sur la braise des bûches écroulées, et elles ne se parlaient pas. C'était Albertine et son ami,non plus l'Albertine du commencement de l'aprèsmidi, ranimée, rajeunie par la joie de donner une profonde joie à son fidèle de tant d'années,non plus ce fidèle, rajeuni luimême par l'espérance d'achever sa vie sur le rêve de ses trente ans, enfin réalisé, mais une vieille femme et un vieil homme qui venaient d'un commun accord de renoncer à ce beau rêve. Les deux anciens amants sentaient, avec une égale mélancolie, peser sur eux la rançon de leur longue vie: ils avaient perdu le droit à la vérité, et l'amertume de devoir continuer à mentir toujours, toujours, se mélangeait en eux à la crainte, presque à la terreur de ne pas mentir assez bien jusqu'au bout.